将棋であった泣ける話

株式会社 マイナビ出版

CONTENTS

将棋を忘れなかった人

桔梗楓

落ち着いた風情のある地方都市に、僕が働く特別養護老人ホームがある。

そこに、定期的に面会に来る若い女性がいた。

最初は全然気にしてなかったのだが、僕は最近、その面会者と入居者の老人とのやりとりが気になっている。なぜなら――。

「おじいさん。遊びにきたよ」

「……誰だったかねぇ」

「ふふっ、じゃあクイズ！　私は誰でしょう？」

面会者は必ず最初にこう言うのだ。老人はしばらく考える。

「ああ、同じクラスの田所さんか？」

「すごい。当たりだよ～！　久しぶりだね」

「ああ、ずいぶん久しぶりだ。マコトとタケルは元気かい？」

一見、他愛ない会話。しかしその会話がとても歪なことを僕は知っている。

あの入居者は、日によって自分の年齢が変わる人だった。高校生の日もあれば、中年の日もある。子供の日だって。

彼はきっと、自分の世界の中で様々な時を生きているのだろう。

だから面会者が来るたび、『クイズ』で答える人物名は、いつも違っていた。

叔母の向居（むかい）さん。妻の夏子（なつこ）。妹の知世子（ちよこ）。お母さんの時もあった。

しかし面会者の女性は必ず『当たり』と言って、会話を進めるのだ。

「ねえ、将棋をしましょうよ」

「いいな。俺は将棋だけは得意なんだ」

老人は笑って、戸棚から将棋盤を取り出す。薄い木製の折りたたみ式。長く愛用しているのだろう。ところどころ板が黒ずんでいて、駒も古びている。

ベッドテーブルにそれを載せて、ふたりは将棋を指し始めた。

得意と言うだけあって、老人は将棋がうまかった。対して面会者はどちらかといえば下手だった。

「えっと、歩をここに進めるね」

「いいのかなあ。そんなところに置いたら……ほら！」

「あっ、取られちゃった。角がそこに置いてあるの、忘れてたよ」

ぱち、ぱち。駒を指す音と、微笑ましい会話。勝負の行方はいつも面会者の敗北で、彼女は一局終えると帰り支度をする。

「また来るね」

「いつでもおいで」

――僕は、介護士として色々な施設で働いてきたけれど、この特養施設は、他の施設と比べても特に面会者が少なかった。半年に一度……一年、いや、それ以上。もっと言えば、近親者と音信不通になっている入居者も少なくない。それに比べると、あの老人はとても恵まれているように、僕は思えた。

秋の長雨のひととき。彼女は面会にやってくる。

今日のクイズの答えは『飲み友達の佐夜子』だった。

ぱち、ぱち。雨の日は殊更あたりが静かに感じる。将棋を指す音が、やけに部屋に響いた。

今日、入居者の老人はとても上機嫌だった。

将棋の駒を進めながら、とっておきの武勇伝を話し出す。

中学生のころ、将棋クラブで負け無しだった。そして大会に出て、準優勝したのだ。

ちなみに僕は、その武勇伝を百回くらい聞いているので、彼女も、同じくらい聞かされているはずだ。

多分、彼にとって誉れ高い自慢話は……それだけなのだろう。

「すごいねえ」

彼女は笑顔で相づちを打つ。きっとその相づちも、何百回と打ってきたのだろう。僕もそうだから。

——季節が巡り、寒い冬を越え、春が来た。

施設の庭で美しく桜が舞い散る、風の強い日。あの女性はいつもと変わらぬ調子で面会に訪れた。

「さて、私は誰でしょう？」

恒例の、はじめのクイズ。老人はしばらく首を傾げて考えて——。

「思い出した。孫の令美（れいみ）だろう。久しぶりだなあ」

彼女はいつもなら笑顔で『当たり！』と言うところだろう。だが、彼女は初めてそのやりとりを、止めた。

驚いたように目を見開いている。唇が震えて、言葉が出せずにいる。

老人は、それを気にした様子もなく、言葉を続けた。

「そうだ、そうだよ。あの時は悪かったなあ。本当にごめんなあ」

突然謝り始めて、彼女は俯(うつむ)く。

やがて絞り出すような声で「……違うよ」と言った。

「ハズレだよ。私は令美じゃなくて、姪の麻美(あさみ)だよ」

「おや、人違いだったか」

「そうだよ。それより将棋をしよう」

「ああ、いいぞ。俺は中学生の時に大会で準優勝したんだ。結構強いぞ」

「すごいねえ」

再びはじまる、いつものやりとり。だけど今日は、明らかに違っていた。

仕事の傍らでなんとなく見守っていたからだろうか。僕はどうしても気になってしまい、彼女が施設を後にする間際、初めて声をかけた。

彼女は最初こそ、いきなり声を掛けられて戸惑っていたが、観念したように重いため息をつく。

「ええ。私は彼の孫の、令美です」

そうしてぽつぽつと語り始めた。

高齢の祖父の認知症が日に日に悪化する一方、彼の介護を誰がするかで、親族間で揉めた。最初は長男が引き受けたが、彼は会社の経営に勝手に祖父の蓄えを使い果たし、これが頓挫。祖父の家は借金返済に当てられた。

住み処(すみか)を無くした祖父は、そのあと次男、長女、三男の間をたらい回しにされていく。その間にも認知症はどんどん進行して――。

「三男。つまり私の父が祖父の介護を引き受けた頃、状況は最悪でした」

壮絶という言葉が最もふさわしいと、令美は苦い顔をする。

すぐに癇癪を起こして言いがかりをつける。疑心暗鬼に囚われ、攻撃的になる。それでも介護しなくてはならない辛さ。家族の負担が嵩(かさ)んでいく。

「私も祖父の介護にかり出されました。その最中、祖父がわけのわからない理由で怒りだして陶器のコップを投げてきて、私は肩を骨折しました」

令美は辛そうに、自分の右肩を摑む。

「それで……私は、バドミントン選手になる夢を諦めました。リハビリすれば復帰できる可能性もあったけど、なんか、全てが嫌になっちゃって」

はは、と笑った。僕は気の利いた言葉がひとつも思いつかなかった。

「祖父が憎くて仕方なかった。早く居なくなれって毎日考えてました。でも、この施設に預けられると知った時、なぜか罪悪感を覚えたんです」

彼は決して悪人ではなかった。ただ、自分達の対応が悪くて、あんなふうに変わり果ててしまったのではないかと、令美は懺悔のように話す。

「もしかして、その罪悪感が理由で、ずっと面会に来ていたんですか？」

僕が尋ねると、令美は「いいえ」と首を横に振った。

「初めて面会に訪れた時、祖父はもう私のことを忘れていました。その時、自分に賭けをしようと思ったんです」

「賭け……ですか？」

「はい。祖父がもし私の本当の名前を言い当てられたら……今度こそ、積年の怨（うら）み辛（つら）みを言ってやる。そして二度と会いに行かないって、ね」

彼女の表情は穏やかでいながら、何かを諦め、どこか疲れ果てた様子だった。

「でも、いざ正解を当てられた時、私言えませんでした。何故でしょうね。あんなに憎かったのに。面会で少し話して将棋をするたび、その気持ちが薄れていったんでしょうか。……不思議ですね」

儚（はかな）げな笑顔でそう言って、令美は桜の花びらがひらひらと舞い落ちる中、ぺこりとお辞儀をして、去っていった。

真夏の直前。例年より遅めに訪れた梅雨前線が、七月に入ってもまだその暗雲を晴らさないころ。

令美は面会にやってきた。老人は笑顔で迎える。

「おお、こんにちは」

「こんにちは。じゃあクイズだよ。私は誰——」

「令美。いつも来てくれてありがとう」

彼は、クイズを出す前に、彼女の名前を口にした。令美は驚いたように言葉を失う。僕も内心驚いた。

何がきっかけかわからないけど、彼はちゃんと令美を認識している。

「ち、違う、よ」

慌てて否定する令美に、尚も彼は笑いかけた。

「何を言っているんだ。令美に決まっているだろう。さあ将棋をしよう」

ベッドテーブルにはすでに将棋盤が置いてあり、駒も綺麗に並べてあった。

令美は戸惑いを隠せない様子を見せながら、将棋を指す。

互いに歩を動かして。令美は飛車を横にずらす。老人は別の歩を進める。

ぱち、ぱち。静かな部屋で、駒を指す音がする。窓の外を見ると、雨がしとしと降っていた。

「相変わらず下手だなあ。せっかくここに銀があるのに」

「あれっ、取られちゃった」

「歩もいい駒なんだぞ。ここからはと金になってな、金と同じ動きになるんだ」

「し、知ってるよ、それくらい」

「そして、ここに角があるだろ。これをこうして……ほら、王手だ」

二十手にも満たない、短い勝負。令美は本当に将棋が不得意らしい。

「次は令美の番だぞ。大丈夫、まだ挽回できる。よく考えてみるんだ」

彼女は震える指で桂馬を摘まむ。だが、その指がふいに止まった。

何を考えているのだろう。過去を思い出しているのだろうか。自分にされた辛い仕打ちを。怨み言を。それとも――彼が将棋以外のすべてを忘れる以前の、穏やかだった『おじいちゃん』を？

「……今更、こんなの、ずるいよ」

笑顔で楽しそうに将棋を指す祖父に、令美は辛そうな声で、そう呟いた。

彼女の祖父は、それから数日後に息を引き取った。とても静かな最期だった。

長かった梅雨が明け、真夏の太陽がさんさんと窓を照らす猛暑日。

昼を少し過ぎたころ、令美が僕を訪ねて来てくれた。

「祖父の私物を受け取りに来ました」

「ああ、助かりましたよ。ありがとう」

彼女は僕に「みんなで食べてください」と、菓子折りを差し出した。

葬儀に関する一通りは終わっているけれど、誰も彼の私物を取りに来てくれなくて困っていたのだ。

……そういえば、あの老人の面会に来てくれたのは、後にも先にも令美ひとりだけだった。参列した上司の話によると、葬儀自体も少人数で、とても淡々としたものだったらしい。

もの寂しいけれど、責めるつもりはない。

認知症は、親しかった人の気持ちまでゆがめてしまう。そういう悲しい側面があることを、すでに知っているから。

「まあ、あの人の私物は少なかったんですけどね」

「ええ、親戚からすべてそちらで処分して欲しいと伝言を預かりました。私は、これだけ受け取りに来たんです」

彼女は、祖父の私物入れの中をごそごそ探す。そして取り出したのは、あの折りたたみ式の将棋盤だった。

彼女はそれを大事そうに撫でて、目を伏せる。

「本当、憎いって気持ちだけは、今も消えないんですけどね」

何だかやるせない様子。やっぱり一言くらい文句を言っておけばよかったと後悔しているのだろうか。

しかし令美は顔を上げると、ニコッと笑った。

「でも、祖父と過ごす将棋の時間は悪くなかったです」

「そうですか」

僕も笑った。それが彼女にとって救いになっていたのなら、それでいい。

「こんな時に言うのも何ですが、私、秋に結婚するんですよ」

「えっ、あっ、それは、おめでとうございます」

びっくりしてしまったが、慌ててお祝いを口にすると、彼女は「ありがとうございます」と言って、はにかんだ。

「いつかはわかりませんが、子供が生まれたら……将棋を教えてみようと思います。頭の体操になるって、どこかに書いてあったので」

「確かに、将棋はいい教育になりそうですね」

長年使い込まれた将棋盤は、所々が薄汚れていた。おそらく二千円足らずで買える安物だ。しかし令美は新しい将棋盤を買う様子はなく、祖父が大切にしていたそれを持っていくと決めた。

その意志が、ほんのり僕の心を温める。

だからつい、こんな言葉を口にしてしまった。

「余計なことかもしれませんけど……」

頭を掻(か)いて、目を伏せる。

「おじいさんはきっと、あなたの晴れ姿を目にしたかったと思いますよ。将棋も大好きだったから、あなたが子供に教えることも喜んだかもしれません」

過去に辛い仕打ちをした。それは決定的な溝を作り、しこりを残した。今はもう彼がその過去を覚えていたのか、あの時の謝罪がそれに対するものだったのか、知る由もない。

けれども、それとこれとは別の話で、彼は素直に喜んだだろう。癇癪を起こし、疑心暗鬼に囚われても、誰かの幸せを祝い、喜ぶ気持ちは残っていたと思うのだ。

そうでなければ、ああも楽しそうに将棋を指せない。

僕にとっては口数が少なく、偏屈で、常にムスッと不機嫌な顔をしていた大勢の中の一人だったが、来るたびに名前が変わる彼女に対しては、本当に嬉しそうだった。

そう、あの笑顔は間違いなく、祖父が孫を見守るものだった。

本人は忘れていても、心が覚えていたのかもしれない。

……そんな気がするのは、僕の独りよがりかもしれないけど。

令美は僕の言葉に少し驚いていたが、すぐに穏やかな笑顔を見せた。

「ええ、私も祖父が喜んでくれるといいなと思います。将棋は、幼いころ祖父に教わったんです。全然上手になれないんですけど……嫌いじゃないですから」

彼女にも複雑な思いがあるのだろう。幼少時は、彼に将棋を教わるほど仲が良く、可愛がられていたようだ。けれども時を追うごとに、人も、気持ちも、変わってしまった。変わらざるを得なかった。

悲しいけれど、それが、年を取るというものなのだろう。

令美の目尻に、光るものが見えた。

……きっと、爽やかに輝く太陽が見せたまぼろしだ。僕はそっと見ないふりをして「さようなら、お元気で」と、彼女を見送った。

勝ってくれ

水城正太郎

「ひゃくせつふとう、ってなんとなくの意味はわかるんですけど、細かくはどういうことなんですか？」

日溜まりで油断するポメラニアンを想起させる間抜けな顔で平方(ひらかた)は言って、コーヒーをすすった。仮にも書籍の編集者が作家である俺に見せるべきではないアホ面であるが、こちらも社会人の自覚すらあやしい人間だ。同じく弛緩(しかん)しきった顔で、ネットで調べたばかりの知識を披露する。

「百折不撓(ひゃくせつふとう)。百回折れてもたわまない。何があっても信念を曲げないって意味だわな。中国の碑文にあった言葉なんだと」

「はぁ。挫けても立ち上がる、みたいな意味だと思ってましたけど、曲がるのを拒否して折れるってイメージなら頑固さも感じますね」

平方はそう言って、何が面白いのか「へへへ」と笑った。俺もなんとなく付き合って「うはは」と笑う。中年が二人、喫茶店で向かい合って笑っているのはある種おぞましい光景ではある。

百折不撓は俺たちと同じ年代のプロ棋士が座右の銘にしている言葉だ。

この中年棋士は、長年、無冠でのタイトル挑戦数が歴代最多といういささか不名誉な記録を保持していたのだが、昨年ようやくタイトルを獲得して注目を集めていた。その不屈の姿にマスコミは『中年の星』という愛称を贈っている。が、運命の悪戯と言うべきか、時期が悪かったと言うべきか。先ごろ彼は彗星のごとく現れた若きスター棋士に一勝もできずに完敗し、一年でタイトルを失ってしまっていた。

「中年の我々にとっては憎いですねぇ。若くてモテる天才なんて」

「この企画でなんとか主役は中年だと教えてやりたいよねぇ」

我々の年齢的に中年棋士贔屓になるのは当然なのだが、他にも特別な理由があった。かの中年の星と俺は、大学時代、同じ映画研究会に所属していたことがあるのだ。それを知った編集者の平方が丁度いい仕事があると話を持ち込んで来た。将棋ブームの到来を予感した広告代理店が、映画製作を模索しはじめ、原作を作れる作家か脚本家を探しているという。

「中年へのエールってテーマならいけますよ。最低限でも企画料のおこぼれにあずかって、映画にならなくても原作小説が出せればいいんですけど」

平方は願望を言いながらも、すでに予算を獲得して小説を出版するのは決定事項といった顔だ。彼の出版社は現在、資金的に追い詰められている。希望的観測が既成事実と感じられる程に。

企画の提出先である広告代理店は、コンテンツ産業の振興を宣言した政府の肝煎り(きもい)で複数の大企業が出資した新興企業だ。俺の経験から見て、このパターンは世界的な大企業に成長するか、裏社会に片方の足を突っ込んでいる業界人たちが企画料を剝ぎ取っていく狩り場になってしまうかの二種類。どちらにせよ潰れそうな出版社を持っている平方にとって、ここの企画に乗って損はない。

「書いていただいた企画書は先方に送ってあります。打ち合わせは十一月二十二日ですね。午前十時とちょっと早めなんで気をつけてくださいね」

そして、打ち合わせ当日がやってきた。俺は大きなビルの会議室に通されて資料を用意して待つ。白いテーブルに通信ケーブルとテレビがあるだけの一般的な会議室で、そこには特段驚くところはなかったが、その男が十分以上遅れて現れたのには驚かされた。

「いや、おまたせしました」

微塵も申し訳ないとは思っていない口調で男は言った。

大柄で体育会系出身者といった雰囲気。爽やかなテニスボーイに見える髪型と顔立ちだが、目が笑っていないのが胡散臭い。大学では絶対にテニス部ではなくテニスサークルの方だったタイプだ。長いこと業界で揉まれてきた俺にはわかるが、良くて嫌みな奴、悪ければ平気で犯罪をするような奴だ。

名刺を渡される。岡嶋という名で、肩書きは「ムービーオーガナイザー」となっていた。おそらく世界でこいつしか名乗っていない職種だろう。

「あのー、ムービーオーガナイザーというのは？」

平方がへりくだったように言う。オリジナルの職種を名刺に書いているような奴にするべきでない行動の筆頭が、それについて質問をする、だ。のほほんとした見かけからも分かる通り、平方には警戒心というものがない。

「映画監督だと現場の仕切りだけって可能性もあるんで。自分は企画から音楽、編集、なんならソフト販売時の特典も企画しますんでね。映画に関することを全部やるならオーガナイザーかなって」

得意げというだけならいいが、露骨に見下すような目つきで言い、それからも自分がいかに有力者や芸能人と知り合いであり、彼らから何でもできることをいかに評価されているかを自慢し始めた。

企画料を剝ぎ取っていく業界ゴロの中でも最底辺が現れてしまった、と俺は思う。詐欺師の中でも下っ端なのに、自分はクリエイターだと本気で思い込んでいる類だ。間に合わせのゴミ企画を一人で作れるから上から便利に使われているだけだと気づいていない。

しかし、平方は鈍いのか下手に出ることに慣れているのか、感心したように「すごいですねぇ」などと追従する態度でいる。

「それでお仕事の方のお話なんですが」

平方の方から切り出した。

「はい。ああ、あの企画書ね」

岡嶋は持ってきていたコピー用紙の束を見て、一ページ目をしばらく読んだ。そして、「うーん、難しいと思いますね」とうなるように言った。

「難しい部分があるなら直しますが」

平方が、おそらく岡嶋が言っていることとは違う「難しい」の解釈をして、真面目な顔で返答を待った。

馬鹿にしたように岡嶋が笑う。

「そういうことじゃなく、映画にするのは難しいという意味なんで」

「いえ、だとしても直しますよ。具体的にどのあたりでしょうか？」

根本的にわかっていない平方だったが、どういうわけか、岡嶋はこの反応に少し焦りを見せた。

「どこがって……」

そう言いながら企画書のページをめくり始め、流し読みというより最初から文章を順番に読むように目を動かしていた。

企画書を読んでなかったのかよ。俺は腹が立つというより呆れてしまった。

読んでいないなら読んでいないで大御所っぽく「読む価値もない」と気取ればよかったのに、少し読んだだけで企画の瑕疵(かし)を見つけられるとうぬぼれたのだろう。そして当然、そうはならなかったわけだ。再読と言い張るにはかかりすぎた時間の後に言う。

「……全体ですよ、全体」

「その……企画書、事前に読んでおられなかったんですか？」

ここにいたり、ようやく平方も事情に気づいたようだ。

「読んでますよ」

岡嶋は子供みたいに言い張る。

「では別企画をまた持ってきますので、岡嶋さんの腹案があればお聞かせ願えますでしょうか？」

それでも平方は可能性があれば食い下がるつもりのようだ。であれば、俺の方からは何も言うことはない。どんなにこちらを馬鹿にしてきても、代理店をバックにして予算を動かせるのは向こうだ。少しでもおこぼれをもらうために前向きに仕事を進めるって戦略だろう。

「そもそもね、このひと、普通知りませんよね？」

岡嶋は我々が主役に考えていた中年棋士を名指しした。自分も知らなかったのか、今更のようにスマホで名前を検索して写真を見つける。

「なんですか、このどこにでもいそうなオッサンは。見栄え的にどうにもならないでしょ。普通ね、若いスターを主役にするに決まってるじゃないですか」

もはや完全に悪癖が身についてしまっているのだろう。有名強豪棋士相手でも完全に見下した口調で言った。

カネ目当てで完全に服従するなら「そうでございますか。そのように書いて参りますので、大まかなテーマをいただけますか、オーガナイザー様」と答えなくてはならないところだが、カチンときた平方の目つきが変わった。

「いえ、きちんと調べてくださいよ。彼のことが好きになりますから」

きっぱりと平方は言い切った。

岡嶋は舌打ちして、ガラの悪い目つきになる。

「あのさぁ、あんたらは監督である俺の言う通りにすればいいだけなんだよ。そうでなけりゃ今すぐここから出てけや！　だいたいなんだよ、こんな朝早くから呼び出しやがって！」

時間を指定したのは先方だと聞いているが、こういう奴が細かいことを覚えているわけがない。俺はちらりと平方の方を見たが、迫力に押されてか、勢い込んでしくじってしまったと思ったか、青くなって黙り込んでいる。

「朝早くって、将棋の生中継があるからだと思っていたんですが」

俺は話を少しそらしてテレビを指差した。件の棋士同士のタイトル戦後では初となる対局がちょうど行われているのだ。生中継用の早指しトーナメントになるが、その勝敗の行方は注目を集めていた。こちらとしては険悪な空気をなんとかして、この岡嶋とかいう間抜けの前から穏便に立ち去りたいという意図もある。後で有る事無い事言いふらされてはかなわない。

ところが、テレビを点けた岡嶋が画面を一瞥するや、言い放つ。

「知らねぇよ。どうせ、この将棋だって、若いのが勝つんだろ？　オッサンが負けるのが面白そうだから見るだけだ」

　この言葉が平方の何かに火を点けてしまった。

「勝ちますよ。オッサンは勝ちます。あなたには見る目がない」

真剣な表情で言い、岡嶋を睨みつけた。

「勝つわけねぇだろ。オッサンが勝ったら企画を考えてやってもいいよ」

岡嶋が喧嘩を買った形だ。どうも妙なことになってきた。

一方、将棋の方の戦局はまだ五分というところだ。どちらも慎重で動き出しが遅い。いわゆる〝手待ち〟まで双方が行っている。完成した防御陣形を崩さないために無駄な手を指して相手に攻めてこいと促す手だ。

「大体、あんたらもオッサンだから入れ込んでるんだろうが、若い才能に勝てるわけねぇだろ。すげぇ奴は最初から特別なスタートを切るに決まってるんだ。俺だって最初から監督だ。下積みなんかしちゃいねぇ」

　岡嶋が言いたいことを言う。もはや打ち合わせでもなんでもない。奴は自分を若きスター棋士に重ねているようだが、これは俺の癇に障る言葉だった。

「確かに、あんたにゃ見る目がないな。すげぇ奴は最初からすげぇってのには賛成だが、オッサンだって一流ってのが見えてない」

「なんだと？」

「企画書を読んでないだろうから説明してやるが、俺は、このオッサンの修業時代をちょっとだけ知ってるんだよ」

テレビでは解説者の伝説的棋士が意外そうな声を出していた。防御的な手で知られている中年棋士が手待ちに対して自分から〝4五歩〟と突いて、開戦を申し入れたのだ。

「知っていたからどうしたって？」

「大学在学中、プロデビューできなかったんだ。プロ棋士としては、遅い」

「遅いんだから才能がないってことじゃねぇか」

それから激しい将棋が展開しはじめていた。駒損（こまぞん）しながらも、若きスター棋士の陣形を丸裸にしていく。攻めが続くが、息切れしたら逆に一気に詰まされてしまう流れだ。

「だがその若さで棋士を諦める者なんてざらにいた。大学に入ったのは猶予期間を延ばす行為だったかもしれないが、彼には自分と周囲の力量を見定める目があった。自分にプロになれる実力があるとわかっていたんだ。そして、そういう目がある人は、相手の実力も確かめないうちから馬鹿にしたりはしない。素人と指す時だって、何枚落ちにするか見定めていたくらいだ」

「お説教か？　だが、あんたらとオッサン棋士とは他人だろうが」

「あのな、俺はあんたを馬鹿にしてるんだよ。あんたに実力が伴ってないことくらい少し話せばわかる。こっちにどんだけ業界経験があると思ってる？」

俺も喧嘩を売ってしまった。

「なんと言われようと、あんたらとは仕事しねぇよ！　もう帰れよ！」

「うるさい。勝負が終わるまで見ろよ。負けたら企画を考えてくれるんだろ？」

こちらも意地になっている。企画など心底からどうでもいいが、こうなったらオッサンの意地というヤツを見せてほしい。

「そんなこと知るか！　やらねぇって言ってるだろ！」

「最初の約束を違えるとか、いい加減なんですね。こっちだって仕事する気はもうありませんよ」

平方も戦列に加わった。

将棋の方は戦局がさらに動いていた。中年棋士が攻めを途切れさせぬために飛車を捨てたのである。いよいよ終局が近づいていた。どちらかが一手でも間違えたら詰みまで見える。

「ついでに説教してやる。あんた映像作品の話をまるでしてないよな。できる奴ってのは、小さいときからその道に夢中になってるもんなんだよ。あんたが軽視してる中年棋士なんて、この年代なのにガンダム見たことなかったんだ。映画研究会に入ったのに。将棋しかしてこなかったんだよ」

過去のことを一方的に語る。

「若いうちから才能で成功するだけがカッコいいことじゃねぇんだよ。愚直にひとつのことにしがみついて、一瞬だけ成功する生き方だっていいじゃねぇか」

俺はそう言ったが、テレビでは若手棋士が逆襲の一手に出ていた。持ち駒の飛車を〝3七〟と打って王手したのだ。これで中年棋士が受けに回れば、持ち駒が豊富な若手棋士の優勢は決定的になってしまう。

勝ってくれ。中年の凄さを示してくれ。青春を捨ててまで打ち込んだ信念の物凄さを見せてくれ。

中年棋士が〝4七馬〟と指した。

その返し手に解説の伝説的な棋士も感嘆の声をあげる。成り込んだ馬を戻し、タダで捨てる手だ。これが妙手だった。タダで取れるが、防御にも生きるはずの飛車が死に駒となってしまうのだ。

そこからは王に殺到する手で中年棋士は一気に勝ちきった。

「ざまぁみろ！」

平方と俺は叫んで、岡嶋の名刺を破り捨てると、椅子を蹴って会議室を出た。会社の外まで一直線に駆け抜け、外に出ると両手を掲げて歓声をあげ、二人で顔を見合わせて笑いあった。

「あははは！　やった！　やった……！　やった……」

だが中年の悲しさか、激しい動きと感情に息切れが襲う。そして、しばらく息を整えていると、急激にむなしさも押し寄せてきた。

「ははは……まぁ、スッキリはしたけど、結局こっちが勝手に熱くなって他人の勝敗に一喜一憂しただけだよな……」

平方の方を見る。彼は俺よりも落ち込んでいた。汗か涙かわからないが顔中を濡らして荒い息をつき、えらく情けない表情で天を仰いでいた。

「感情的になってしまって……お金が欲しいのに仕事をひとつ失って……それに、一時的にでもあんな奴に頭を下げた自分が情けないですよ……」

そう言われると、確かに俺も我が身の小ささが身に染みる。が……。

「でも、良い作品へのこだわりがあるからこそ怒ったんだろ？　そこは曲げなかった。それでいいじゃないか。いつか信念が報われる時だって……あ！」

俺は気づいた。

これが百折不撓だ。自分が正しいと信じたことに反するなら、たとえ不利益だったとしても曲げてはいけない。そういう言葉だったのだ。

成駒のごとく

矢凪

札幌は十月中旬ともなると朝は10℃を下回り、冷え込むようになってきた。街の木々や近郊の山々が赤や黄色に輝き、冬の訪れが間近に迫ってきた、ある日曜日。栗須賀梓は平日と同じ朝六時半に目を覚ますと、パジャマから琥珀色をした少し厚手の作務衣に着替えた。

二十三歳の女性にしては渋いスタイルだが、趣味である『将棋の駒作り』をする日はこの格好と決めている。というのも、梓が憧れている有名な駒師――将棋の駒を作る職人のことをそう呼ぶ――が、作務衣姿で作業している写真を本で見たからだ。そもそも、梓が将棋の駒を作りたいと思うようになったのは小二の頃。祖父と兄の対局を見ていて、将棋を指すことよりも、駒の美しさに惹かれた。そうして駒の作り方を調べ始めたが、製作に必要な専門的な道具や材料を買い揃えるより「この服、買って！」と母におねだりする方がハードルが低かった。しかも、小一で書道教室に通い出してから日本文化に興味を持ち始めた梓に、将棋好きの祖父の滋も、華道の師範として教室を持ち着物を着る機会が多い母の梢も喜び、本来は禅宗の修行僧の作業着である作務衣も和装のひとつとして、栗須賀家ではあっさりと受け入れられたのだった。

ちなみに、平日に梓が書道教室の師範として地元公民館へ赴く時や、書道家としてパフォーマンス活動をしに行く時は、きっちりと着物を着こなしている。

そんな梓が二階の自室を出て一階へ下り、顔を洗ってからリビングへ行くと、あと一月で米寿を迎える滋が、長袖の白いポロシャツにベージュのスラックスという姿で、ソファに腰をかけて朝刊を読んでいた。キッチンからは梢が玉子焼きを焼いている音と、機嫌良さそうな鼻歌が聞こえてくる。

「おはよう、あず。今日は駒作りの日かい？」

紙面から孫娘へと視線を移した滋に尋ねられ、梓は「じっちゃん、おはよ」と挨拶をしてから意気揚々と話し始める。

「うん！　ほら、先週末は急な仕事が入っちゃって全然できなかったからね、今日は一日中やるつもり！」

「そうかい。その様子だと、製作は順調そうだねぇ」

「今のところね。駒木地（こまきじ）を前回の輸入物よりも上質な国産のツゲに変えたから緊張したけど、試しに作った『歩兵（ふひょう）』の駒はいい感じの出来だよ！」

　駒木地とは、五角形をした将棋の駒の材料のことだ。プラスチック製で印刷されただけの駒もあるが、梓が作っているのは、『彫（ほ）り駒』という、木を手作業で彫って製作するもので、木地師（きじし）と呼ばれる駒木地を作っている人から通販で仕入れている。

　駒の材料となる木の種類は安価なものだとカエデやカバ、ツバキなどがある。駒作りを始めた頃はそれらによくお世話になった。しかし上達してくると、杢（もく）や斑（まだら）といった木が持つ独特の文様など、素材の美しさも追求したくなり、梓は意を決して御蔵島（みくらじま）ツゲという高価な駒木地を使い始めたのだった。

「したっけ、彫り方はあれかい、一番難しいっていう……」

「盛（も）り上（あ）げ駒だよ。作るからにはやっぱり最高のものを目指したいし！」

　駒の作り方のうち一番シンプルなのは、駒木地に直接、漆（うるし）で字を書いただけの『書き駒』という駒だ。最も古くからある形態だが、現在ではほとんど生産されていない。

梓が小四の時、夏休みの自由研究で初めて製作したのが、駒木地に字を彫り、彫った溝の部分に漆を塗って仕上げた『彫り駒』というもの。そして、彫り駒からさらに手を加え、砥の粉という粉と漆を混ぜたもので溝部分を埋めた後、表面を磨いて平面に仕上げたものは『彫り埋め駒』という。これは一見すると、駒木地に字が書いてあるだけのように見えるが、製作難易度はぐんと上がる。

そして、二十歳の頃から梓が作るようになった『盛り上げ駒』は、彫り埋め駒の状態から、駒字部分に漆を高く盛ったもので、工程は最も多いが、美しい仕上がりとなる。プロ棋士の公式戦で使われる駒は大抵この盛り上げ駒だ。

意気込む梓に目尻の皺を深くした滋は、キッチンから「だし巻き焼けたよ」と声がかかると、新聞を綺麗に畳んで腰を上げる。梓も「はーい」と答えると、滋とともにテーブルに朝食を並べていった。

栗須賀家の朝食は和食が多い。今朝は滋が家庭菜園で九月に収穫したジャガイモの味噌汁と炊き立ての白いご飯。採れたて小松菜のおひたしと、梓の好物のだし巻き玉子だ。

祖父と母と梓、三人がテーブルにつくと、揃って手を合わせて食べ始めた。

「それにしても、あずちゃんは本当に根気強いわねぇ。このまま続けていたら、駒を作るプロの人になれちゃうんじゃない？」

「別に、私はプロになりたいわけじゃなくて……」

「柊(しゅう)ちゃんにあげるために作ってる、でしょ？　それは分かってるけど、あずちゃんは器用だから、趣味に留(とど)めるのはもったいないんじゃないかな～って。書道だって小さい頃からずっと続けて、師範にまでなれたわけだし……」

「とにかく、柊兄(にい)が思わず使いたくなっちゃうような綺麗な駒を完成させて、じっちゃんと対局してもらうって目標が達成できた時にまた考えるよ」

「そう……。柊ちゃんが札幌(こっち)に来てくれる日が待ち遠しいわね……」

梓より五つ年上の兄、柊は両親が離婚した十七年前、父親に引き取られた。早くに妻に先立たれ、札幌郊外で一人暮らしをしていた滋の家に母と二人で身を寄せた梓は自由奔放に育ったが、柊は東京(とうきょう)都内にある海原(うなばら)総合病院の院長を務める父、海原孝一郎(こういちろう)のもとで後継者として厳しく育てられた。

子供の頃、柊は夏休みに一人で飛行機に乗って札幌まで来ては、滋と将棋を指したり家庭菜園を手伝ったりして過ごしていた。が、柊が中二の時のこと。将棋のルールを知らない梓にはよく分からなかったが、柊が滋との対局中、急に何かに腹を立て、駒を盤面に叩きつけたことがあった。梓はその時、穏やかな性格の兄の荒々しい行動に驚いたし、綺麗な木目で気に入っていた『飛車』の駒が真っ二つに割れたのを見て、ショックを受けたのを覚えている。

柊の足が札幌から遠のき、滋が対局を避けるようになったのはその頃からだ。滋は以前と変わらず将棋番組を見たり本を読んだりはする。駒作りの相談にも乗ってくれるし、将棋自体が嫌いになったわけでもなさそうだったので、なぜ誰とも対局しないのかと、梓は滋に尋ねたことがあった。

すると、あの夏に割れた駒を大事そうに取り出してきて「アイツが生きたい道に進めた時、またともに駒を指せる日が来ますように、っていう願掛けさ」と答えた。その遠い未来を待ちわびるような表情を見た瞬間、梓は、滋と柊がいつか再び対局する時の為に駒を作ろう――そう心に決めたのだった。

「柊兄って、来年の春にはお医者さんとして独り立ちできるんでしょ？」

「ええ、順調にいけばそうね。この前、ジャガイモを送った時に電話かけたらそう言ってたけど、かなり忙しそうだから、当分は休暇を取って札幌まで来るなんて難しいんじゃないかしら」

「だよね……」

厳しい父親に反発しながらもストレートで医大に進み、医師国家試験も一発合格した柊は、大学病院での研修期間を終え、現在は父の病院で内科の専攻医として勉強中だという。

ともあれ、梓が今できることは、兄と祖父がいつかまた二人で将棋を指そうとなった時のために、かつて使っていた駒に負けない美しい駒を作ること。

朝食を終えると自室にこもり、その目標に向かって駒作りに励むのだった。

ところが、十一月に入って札幌に初雪が降った日、滋が酷い胃腸炎にかかり、緊急入院することになってしまった。

「滋さんはもうご高齢ですし、今回の入院で体力や筋力などが落ちてしまうと、寝たきりになる可能性がありますので覚悟しておいてください」

近所で一番大きな病院の医師にそう告げられ、梓も梢もショックを受けた。お見舞いは毎日交代で行ったが、点滴からしか栄養を摂取できないほど弱った祖父の姿を見るのは、なかなかつらかった。

会話ができるほどまで容態が落ち着いたのは、入院してから三週間後。滋が米寿を迎えた日のことだ。病院の粋な計らいでベッドの周りが簡単に装飾され、担当医や看護師たちみんなでお祝いをしてくれた。

「なんも、ここまでしてくれなくてもよかったのに……」

と、照れくさそうに笑った滋は、医師も驚く回復力を見せ、翌日から退院へ向けてのリハビリを始めることになった。

そして梓が仕事を終えてお見舞いに行ったある日の夕方のことだ。

病室に入ると、夕食を終えた滋が真剣な様子で、紙に何かを書き付けているのが見えた。

「じっちゃん、何書いてるの？」

尋ねると、パッと表情を明るくし、「柊とな……いつかもう一度、対局できた時のための研究をちょっとな」とニヤリと笑った。

「もしこの先ずっと柊に会えないまま、わしがあの世に行った時は、この紙を柊に渡して欲しいんだが……あずに頼んでもいいかい？」

「ちょっ！　じっちゃん、そんな縁起でもないこと言わないでよ」

唐突に死を予感させるようなことを言われ、梓は心臓がギュッと摑まれたような怖さを覚えて顔を引きつらせる。

「なぁんも心配することはねぇ。じっちゃんにはまだまだ長生きしてもらわないと！」

「そ、そうだよね。もしも、の話だって」

梓はそう言ってその話を終わらせたものの、帰宅してから「早く柊兄とじっちゃんを会わせてあげないと！」という焦燥感に襲われた。

居ても立ってもいられなくなり、忙しいだろう柊の邪魔をするのは悪いと思いつつも電話してみると、数コールで応答した。

「こんな時間にどうした、梓。何かあったのか？」

部屋の壁かけ時計は夜十時半過ぎを指している。家族だからとはいえ、何事かと驚かれるのも無理はない。急にかけたことを謝りつつ、滋の近況を伝えると、柊は「そうか」と沈んだ声で答えた。そして梓の焦りを感じ取ったのか「たぶん年始には休暇が取れるはずだから、日帰りになるかもしれないけど、お見舞いに行くよ」と約束してくれた。

「ありがと、柊兄。待ってるからね」

そうして通話を終えると、睡眠を削って、駒の仕上げ作業に取り掛かる。

昼は通常通り仕事をし、夕方から夜にお見舞いへ行き、帰宅してからは一心不乱に駒を作る。そんな生活を送ること一週間――。新年を迎える直前には、なんとか八種類四十枚、すべての駒を完成させることができた。

一方の滋も、孫を心配させまいと思ったのかリハビリに励んだ結果、医師や看護師たちを驚かすほど脅威の回復力を見せた。

「これなら来週の頭には、退院してお正月は家で過ごせるかもしれませんね」

そう医師から太鼓判を押され、梢と梓がホッと安堵したのも束の間――。

滋の容態が急変したと病院から連絡が入り、梓が仕事を抜けて駆け付けた時には、すでに意識が朦朧とした状態に陥っていた。

急変の原因は、誤嚥性肺炎という高齢者にはよくある疾患だった。どうやら、退院へ向けて普通食に戻していく過程で、口から食道へ入るべきものが気管に入ってしまう誤嚥が本人も気づかないうちに起き、それがきっかけで細菌が肺に入り込んでしまったらしい。高熱が治まらないまま呼吸不全を起こし、手の施しようのない状態まで一気に悪化してしまった。

梓が半泣きで連絡すると、柊は、急遽、仕事を休んで飛んできてくれたが、意識が戻ることはなかった。そして病院スタッフの配慮で、残りわずかとなった最期の時を家族水入らずで過ごさせてもらうことになったのだった。

深夜、ベッドの周りに置かれた椅子にそれぞれ座り、眠っているかのような滋をじっと見つめていた。滋の右手を梢が、左手を柊が優しく握っている。梓は布団に両手を突っ込み、浮腫んでひんやりしている両足先を少しでも温めてあげようと何度もさすっていた。

が、ふとあることを思い出して立ち上がると、病室内に置かれた棚から丁寧に折り畳まれた白い紙を取り出した。

「これ……じっちゃんが柊兄に渡してって言ってたやつ」

怪訝そうな表情で受け取った柊だったが、そこに綴られていた内容を読んだ瞬間、目を大きく見開いた。

「なあ、梓、病院に将棋のセットって置いてあったりするよな？」

「え？　う、うん、確か、談話室で対局してる人、見たことあるけど……」

「じゃあ……でも……ちょっと借りてくる！」

と、少し躊躇うような素振りを見せてから唐突に病室を飛び出した柊はすぐに将棋盤と駒のセットを抱えて戻ってきた。その様子に梓はハッとして、鞄に入れておいた自作の駒が入った巾着袋を取り出す。

「駒ならこれ使って！　柊兄とじっちゃんのために、私が作ったの！」

その言葉に、ベッドの端で将棋盤を広げようとしていた柊は「梓が作った？」と一瞬手を止める。梓が頷き返すと、「そっか、すげぇな。ありがとう……」

とつぶやいてから、優しい手つきで駒を並べ始めた。

「じっちゃんは、柊兄と対局できた時のための研究って言ってたけど……？」

「ああ、この紙に書かれてるのは、俺が中学の時、じいさんと最後に対局した時の棋譜なんだ。あの時、じいさんに『王手飛車』を掛けられて……あ、王手と飛車、二つの駒を同時に取られそうになったってことなんだけど」

そこで柊は盤面に置かれていた『王将』と『飛車』の駒を手に取ると、どこか懐かしそうな、少しはにかんだ笑みを浮かべる。

「あの時の俺はプロ棋士と医者、どっちを目指すか本気で迷ってたんだ。で、王将と飛車の両方を守ることはできないその状況が、将来のことを決められずにいる自分とダブってなんか悔しくて……駒ぶん投げて対局から逃げたんだ」

柊の話に、梓は割れた飛車の駒を思い出し、ようやく事情を理解する。

「結局、親父やおふくろと話し合って医者を目指すことにしたんだけど、一人前の医者になれるまで前だけを見ようって『将棋断ち』するって決めてさ……これでも結構頑張ったんだけど、間に合わなかった……じいさん、ごめん」

それからしばらく、静かな病室にパチ、パチリと将棋盤に駒が置かれていく音だけが響き続けた。

「人ってさ、死ぬ間際まで耳は聞こえてるっていうじゃない。だからきっと、じっちゃん、最後の最後で柊兄と将棋を指せて喜んでるよ。間に合ったよ……」

梓はそう言ってから、もう一枚の『飛車』の駒を取って滋の胸元に置く。

「ほら、あの時割れちゃった駒の代わりに使ってよ……」

そこで、ずっと黙っていた梢が何かを思い出したように口を開いた。

「確か……『飛車』って裏返ると、動かせる場所が増えるのよね？」

「ああ、成駒（なりごま）っていって、『飛車』は成ると『龍王』に変わって、縦横だけじゃなくて斜めにも一マスずつ動けるようになる」

「それそれ。おじいちゃんが前にね、柊ちゃんやあずちゃんには、前や横だけじゃなくて、龍王みたく広い視野を持った人になって欲しいって言ってたの。だけど……もう安心ね。こんなに立派になった柊ちゃんがこうして来てくれて、あずちゃんも駒を渡せて目標を達成できたんだもの」

梢がそう言って涙ぐみながらも笑顔を浮かべて滋を見送ろうとしているのが

分かり、梓も柊も必死に口角を上げる。するとそんな三人の様子に満足したのか、滋は夜明けと共に、八十八年という生涯の幕を静かに閉じたのだった。

眠っているようにしか見えない安らかな表情を浮かべている滋を見つめ、梓は新たな決意を口にする。

「ねえ柊兄、私も将棋のルール覚えてみるよ。柊兄が休みに札幌へ来た時に、じっちゃんの思い出話をしながら、将棋を指せるようにさ。あ、でも！　私は柊兄みたく頭良くないから覚えるの遅いだろうし、期待はしないでね？」

「ああ、梓は梓の好きな駒の『歩兵』みたく、一歩ずつ進めばいいよ。俺は、じいさんが言ってた『龍王』みたく広い視野を持った一人前の医者に成って、またここへ帰ってくるから。待っててな……」

それから間もなく春の訪れとともに、柊が約束を守った後、兄妹は会う度に将棋を指すのが恒例となった。そして大事に使い古された駒は、いつしか味のある飴色に変わっていったのだった——。

どこまでも高く駆け昇れ

溝口智子

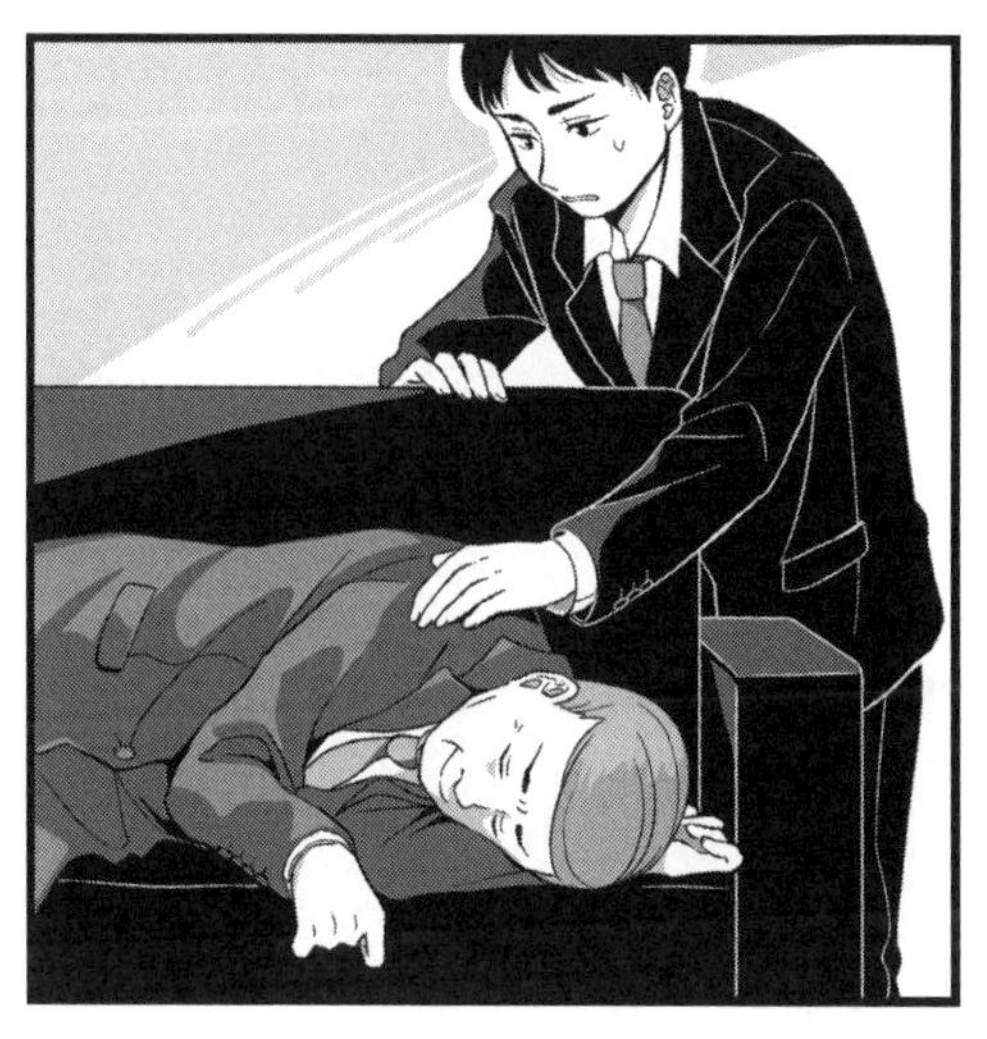

株式会社三瀦（みずま）の営業部内には痛いほどの緊張感が漂っていた。週に一度の営業会議中、社長の三瀦角蔵（かくぞう）が突然やって来たのだ。ドア近くの席の社員を押しのけて、パソコンのモニターに表示された細かな売り上げ高に目を通す。

「なんだ、これは」

地の底から響くような社長の声に、誰も口を開くことが出来ない。

「なんなんだ、この数字は。たるんどる！」

真っ赤な顔で部下を睨（にら）みつける角蔵の迫力ある大声に、誰も口を開けない。まるで閻魔大王の前に引き出された亡者のように黙りこくる。

その中でただ一人、三十代前半の青年が角蔵に向き合った。

「社長、これは半期の数字で、今月はまだ予材があります。もう少し長い目で見て……」

「うるさい、俺に指図するな！　専務のお前がしっかりしないから部下が動かんのだ」

角蔵はまだ何か怒鳴ろうと口を開けたが、出てきたのはひどい咳だった。専務である青年が慌てて近づき、角蔵の背中をさする。

「父さん、やっぱり休んでください。まだ肺炎が治りきっていないんじゃないですか」

「俺は大丈夫だ。引っ込んでいろ、飛竜（ひりゅう）！　とにかく、売り上げが達成出来なければ、部長の降格も考える」

営業部長が真っ青になったのを確認してから、角蔵は部屋を出た。

息子の飛竜が言った通り、風邪から来た肺炎が完治しないままで働き続けている。今日もどうやら微熱があるようだ。社長室に戻り、来客用のソファに横になる。激しく咳き込んだが、楽な姿勢に変えることも出来ないほど疲れていた。角蔵は体を丸めて静かに目を瞑（つむ）った。

ああ夢だな、と思う。熱がある時に眠ると、夢だと自覚することが度々ある。

自分を見下ろすと、白いシャツと黒の半ズボン、ズック靴を身につけていた。

今の自分は小学生で、恐らく二、三年生ぐらいだろう。どこかで見たような路地裏に立っていた。板塀とコンクリートの壁に挟まれた細い道。たそがれ時の薄黄色い空気の中を歩き出す。ずいぶん長い塀だ。丈が高くて向こう側は見えないが、大きな屋敷でも立っているのだろうか。振り返っても、道は真っ直ぐで、塀はどこまでも続いているようだ。もう帰れないかもしれない。かすかな不安を感じた頃、板塀が切れて一軒の民家が見えた。狭い庭の向こうに木造の平屋があり、庭には物干し台と雑草だらけの花壇がある。

その花壇の脇に小さな縁台を出して、老人が将棋盤とにらめっこしていた。半袖の白い開襟シャツと白い股引、草履を引っ掛けた片方の足を膝に乗せて、腕組みしている。昔はよく見た光景だ。年齢は六十代前半、現実の角蔵と同い年くらいだろう。自分はまだまだ若いつもりだが、目の前の男はどう見ても老人としか思えない。

ふっと老人が目を上げた。短く刈りこんだ胡麻塩頭をぽりぽりと掻(か)きながら、「おーい」と角蔵を呼ぶ。呼ばれるままに寄っていくと、老人は大きな口をかぱっと開けて笑いかけた。

「一局どうかね」

将棋盤を見下ろすと、詰将棋を解いていたらしいと思われたが、とても簡単なものだった。この程度で考え込むような技量なら楽勝だ。角蔵はニヤつきながら縁台に腰かけた。

ところが、老人は強かった。初めはのろのろと駒を四方にばらけさせているだけのように見えるのに、終盤にはすべての駒が生きてきて、一気に詰まされる。まるで角蔵の頭の中を覗き見しているかのようだ。

「もう一局」

角蔵が頬を膨らませて言うと老人は、ふん、と鼻を鳴らしてニヤつく。

「何局やっても同じだと思うがね。玉ばかり見て盤全体を読めていないからなあ。若い、若い」

角蔵は唇を震わせた。子供の姿に戻っていたため、子供気分で対局していた。俺はもう六十二歳だぞ。馬鹿にされてたまるか。

「もう一局だ！」

老人はにやけた笑いを浮かべたまま、盤上の駒を集めて並べた。

「ほれ、そこは歩が狙っとるぞ。小駒と思ってないがしろにするから後ろから刺される。市役所の入札で小さな会社に負けたときみたいじゃないか」

角蔵の眉根がぎゅっと寄る。子供には相応しくない厳めしい表情になったのは、老人が言ったことに心当たりがあるからだ。

「あの仕事は、まったく惜しかったよなあ。一件取れば他の件も任せてもらえたんだから。儲けはもちろんだが、遣り甲斐があった。公共の用に立てるのは、やはり気持ちが良い。人の役に立っているという……」

「うるさい！　早く次を指せよ！」

「へえへえ」

老人はとんとんと上手く駒を進め、すぐに王手をかけた。まだ手はあるというのに、角蔵は癇癪を起こした子供のように盤上の駒を荒らした。

「もう一局だ！」

角蔵の頭には血が上り、冷静に考えられなくなっていた。無駄な動きと知りつつ片っ端から老人の駒を取っていく。老人は駒を失うことを厭(いと)わずに指し続け、勝ち続ける。そうして何局続けたかも分からなくなってきた。

「今のは悪手(あくしゅ)だな」

「いや、そんなはずはない。後で生きてくる手だ」

自分でも良くなかったとわかって悔し気に唸る角蔵に、老人はいくつかの駒を指差してみせる。

「あんたさんは、俺の８一竜を防ぐために８五香とくりゃよかったんだ。そうだろ」

「いいや、竜なんて防がんでいい。ろくな働きはせん」

角蔵はぷいっと横を向いて老人の意見を聞き流す。

「そういう半可通(はんかつう)の思い込みが指し手を狭くするんじゃないかなあ。『序盤は飛車より角』とは言うがね」

老人はぶつぶつと竜に成った飛車の駒を角蔵がないがしろにしたことに文句を言いながら次の手を指し、それから少ない手数で詰まして角蔵を負かした。

「もう一度！」

角蔵に促され、老人は黙って盤上に駒を並べた。先手が老人、後手が角蔵。角蔵が駒をいくつ取っても、老人はやはり平然としている。

「ほらほら、また悪い癖が出とるぞ。大駒ばかり見てるだろう。せっかく俺の駒を取っているのに、その持ち駒のことも忘れてやしないかい」

「持ち駒をどうするだって？　他人の駒なんて使えるものか。正々堂々、自分の駒だけで勝負するのが男というものだ」

老人は苦笑して言う。

「自分だけを信じる男を語るのもいいが。どんな駒でも生かせるのが良い指し手なんじゃないのかね。勝負の結果は自分の目に見えるがなあ。あんたさん、何度負けたか覚えとるかね。どうだ、少し駒落ちがいるかい」

ハンデが必要かと問われ、角蔵はカッとなった。

「もういい！　負けだ、負けだ」

手にしていた駒を将棋盤に叩きつけると縁台から飛び降り駆けだそうとした。

「何に負けたって？」

やけに重々しい老人の声に振り返ると、腕組みした老人が角蔵をじっと睨んでいた。

「持ち駒も使えない、小駒を制することも出来ない、自分の駒も見えていない。それで、何に負けたって？　俺にか、それとも無様なおのれにか？」

図星を突かれ、むらむらと怒りに任せて老人に殴りかかろうと手を上げかけたが、ふと盤上の駒の並びが変わっていることに気付いた。

裸玉（はだかぎょく）。下手（したて）はすべての駒を並べるのに対して、上手（うわて）は王とも呼ばれる駒、玉一枚のみ。これ以上ないハンデ、初心者に駒の動きを教える時に使う並びだ。怒りを通り越して血の気が引いた。ここまで馬鹿にされることなど、生まれて一度も味わったことがない屈辱だ。

角蔵が縁台に飛び乗ると、すぐに老人が玉を指し、一歩前進する。玉は八方に一マスずつしか動けない。角蔵の手には豊富な動きを見せる駒が二十枚もあるのだ。負けるわけがない。

次に下手の角蔵が指す。歩の駒を一マス前に。角蔵が最も好きな角の駒を進めるために道を開けた。角行は斜めにどこまでも進める強い大駒だ。

老人は玉を前に進めて角蔵の陣地に一マス近づく。その一マスしか動けない遅々とした駒の進みにもなぜかむらむらと怒りが湧いてくる。そうだ、角だけで詰んでやろう。たった一つだけの駒に追い回されて負けたら、きっとこの爺さん臍(ほぞ)を噛むぞ。俺はそれが出来る男だ。

一手目で開いた道筋を一直線に進み、敵陣まで。そこで駒をひっくり返して、角は、より強い馬の駒に成る。これで向かうところ敵なしだ。

老人は一歩一歩這いずるようにして馬から逃げていく。角蔵は自分の名前の所以(ゆえん)でもある角の駒で成り上がったことで得意になった。老人の玉をいたぶるように、あちらこちらと追い回す。

ところが、ただ逃げているだけと思っていた玉が、角蔵が一手目に指した歩を狙っていることに気付いた。その時にはもう遅かった。歩を取られ、道を塞がれた馬は自陣に戻れず、他の駒を動かすことは自尊心のために憚(はばか)られた。

「角行だけにこだわるな。飛車を使えば簡単だと教えただろう」

老人の言葉に角蔵は内心で首を傾げた。今までの対局でそんな話をしただろうか。なにやら小言めいたことはいくつか言われたが、飛車を使えば簡単だというような局面はなかったのでは。

ふと、背中が温かいような気がした。振り返ろうとしたが、「こら、前を見なさい」と耳元で聞こえる声にとどめられた。背中から伸びてくる大きな手に右手をつかまれて、盤上の駒に指をかけさせられる。

「人差し指と中指で取って、指すんだ。覚えているか？」

覚えていた。父から将棋を教わったとき、手が動かなかった角蔵を抱き込んで、二人羽織（ににんばおり）のようにして父の動かす通りに駒を指した。

「お前は頭がいいな。駒の名前も動きも一度で覚えた。えらいぞ」

「でも、こんなに駒がたくさんあったら、どうやって使ったらいいか分からないよ」

父は大きな手で角蔵の頭を撫でた。

「大丈夫。駒が行きたい方向に動けるように道を作ってやればいいんだ。そうすれば駒は生き生きと動く。持てる駒の力を合わせれば、必ず玉を取れる」

声が聞こえなくなったと思うと、駒が盤に置かれて鳴るぱちりという音がした。老人が新しく盤に駒を並べていた。並びはやはり裸玉。

「一局どうだね」

初めに声をかけたときのように口を大きく開けてにかっと笑う。あの時、老人が並べていたのは裸玉だったのだ。玉一枚で相手を詰まそうと顰め面してうんうん唸っていたのだと気付いた。

「もちろん、指すさ」

二人は先ほどの対局と同じ手を指し、角蔵が老人の陣地に角を進めて駒をひっくり返し、馬に成るところまでを再現した。そこから老人が一マス進むと、角蔵はぎゅっと唇を引き結んだ。不本意だ、好きじゃない手だ、勝負なんて放り出して角だけで玉を追い回していれば楽しいんだ。

だが、それではいつまでたっても勝負は決まらない。先ほどは動かさなかった自陣の歩をもう一枚、動かす。角と並ぶ強い駒、飛車が動くために道を作るのだ。老人の玉は一歩一歩遠ざかっていく。角蔵も根気強く歩を一マスずつ進める。歩が切り開いた一本の道を飛車が真っ直ぐ駆け上り、敵陣に踊り込んだ。飛車は翻って竜に成る。どこまでも真っ直ぐに駆ける竜に。馬の駒と竜の駒、二つの駒が揃えば盤上に敵はない。

「角蔵、この裸玉が初めの一歩だったな。ここからいくつの対局を重ねて来たんだ。お前は一人で戦っているわけじゃないだろう」

そう言われて顔を上げると、そこにはもう老人はいなかった。その代わりというように、盤上には難しい詰将棋が残されていた。父が亡くなる直前まで並べていたものだ。

「親父」

ぽつりと呟いた。今の自分が父の享年に追いついたこと、息子の年齢が角蔵が会社を受け継いだ年齢に追いついたこと。そんなことに気付いた。

「父さん」

どこからか声が聞こえる。

「父さん」

また呼ばれて、意識が上へと登っていく。たそがれ時の黄色の空へ。さらに雲の上に昇ると、まっ白な光が目を刺した。

「やっと起きた」

眩しさに目をぱちぱちと瞬かせる。

「こんなところで眠っていたら、熱がぶり返すよ。さっきもひどい咳をしていたじゃないか」

「……飛竜」

「何、父さん」

「2三飛成。竜だ」

「もしかして、寝ぼけてる？　将棋の夢でも見てたの」

飛車は竜に成る。亡き父が、生まれたばかりの孫の躍進を願って付けた名前だ。角から名付けられた角蔵と、その跡を継ぐであろう飛竜。父はどこまでも将棋が好きな人だったのだと懐かしく思う。

「飛竜」

「何、父さん」

「そこのキャビネットの下段を開けてくれ」

ソファから体を起こしながら指さしたところに飛竜がしゃがみこむ。鼠色の金属製の武骨なキャビネットの中には、卓上用の将棋盤と駒、駒台と、一通りのセットが揃っていた。だが、どれも埃をかぶっている。

「こんなところに将棋盤なんかあったんだ。父さんが誰かと指していたの？」

「いや、先代が従業員とよく対局していたんだよ。卓上盤だが、本榧(ほんかや)だ。良い物だぞ」

角蔵は飛竜から将棋盤を受け取ると、丁寧に埃を拭った。その埃を吸ってしまい、また咳き込む。

「父さん、無理しないで。疲れているなら休みを取ったら」

「俺がいなければ会社は立ち行かない」

「社長が倒れたら元も子もない。自分にまかせてしばらくゆっくりして……」

「まあ、慌てるな。急がなくても俺はまだ死なないよ。それより」

角蔵は将棋盤の上に駒を置く。

「難しい詰将棋があるんだ。一緒に考えてくれないか」

角蔵は夢で見た通りに駒を並べた。飛竜は説得は諦めたというようにため息を一つついて角蔵の並べる駒を見つめる。二人で頭を突き合わせて「うーん」と唸る。先に正答を見つけたのは飛竜だ。ぱちりと小気味良い音を鳴らして飛車を指した。

「すっきりしたなあ」

角蔵は伸びをして立ち上がる。

「飛竜、お前は親父と俺を追い越していけ。どこまでも成り上がれ」

角蔵は息子の肩を優しく叩いた。

盤上の記憶

田井ノエル

「香子（きょうこ）、早くして！」

苛立った声で怒鳴られるのも、そろそろ慣れた。どんなに献身的に尽くしたって、決して報われない。もちろん、彼の気が晴れることもなかった。だから、私がとるリアクションは、常にため息だ。

「わかってるから、待っててよ」

私は手早く洗濯物を畳んで立ちあがる。雑な畳み方になってしまったが、近ごろは頓着（とんちゃく）しなくなった。

樫井桂五（かしいけいご）は、私の夫だ。十代でプロとなり、将来を嘱望（しょくぼう）された若手棋士。彼自身は「大したことない」と言っていたけれど、将棋に詳しくない私には、それが事実なのか謙遜なのかわからない。ただ、十代から自分の進路を決め、厳しい世界で戦う桂五君の姿は、私にはキラキラして見えた。

将棋に疎い私だが、名前は「香子」という。「香」の読みが特殊で、「香車（きょうしゃ）みたい」と桂五君から言われたことがある。読み方を間違われやすくて、面倒くさいだけの名前だったけど、彼には褒められた。

二十代の半ば、結婚を考える年齢からの交際スタートだった。

私には棋士の妻というのが、どういうものか、あまり想像できなかった。不安が大きかったけれど、桂五君からの熱烈なプロポーズもあって、私はそのまま受け入れた。

そろそろ、結婚して八年。そのうち、一年は——介護生活で過ぎた。

「早くしてって、言ってるよね」

「うん、わかったよ。桂五君、やりましょうか」

私は桂五君の正面に腰をおろす。目の前には、立派な木材の将棋盤と、美しく並べられた四十枚の駒。

こんなもの、もう意味がないのに——。

将棋盤の前で、真剣な表情を浮かべる桂五君を見ていると、虚しくなる。

くも膜下出血（まくかしゅっけつ）は、若い年齢の人にも増えているらしい。将棋会館で倒れたと連絡をもらって私が駆けつけたときには、桂五君は病院に搬送されていた。

幸い、命は取り留めたが、重大な麻痺が左半身に残ってしまっている。

身体が不自由で、姿勢を保てないため、桂五君は長時間の対局に耐えられなくなった。活動休止という形で、棋界を去ることになる。

それだけなら、いい。左半身の麻痺はリハビリすれば生活できるという希望がある。

でも、桂五君はそれ以外にも障害を抱えていた。

「違う。そこは、香車を進めて。早く終わらせたいんだ。あまり時間をとらせないでくれ」

「うん、ごめんね……」

苛立った口調で指示されて、私はつい肩を落としてしまった。桂五君は口角を下げ、むずかしい顔をしている。顔にも麻痺が出ているので強張っているのはいつものことだが、ずっと怒っているように感じる。

高次脳機能障害（こうじのうきのうしょうがい）と告げられていた。くも膜下出血による後遺症の一つだ。

以前の桂五君は温厚で優しい性格だったのに、急に苛立つことが増えた。殊（こと）に将棋の話となると、焦ってしまうのか、いつも声を荒らげている。

そればかりではない。記憶障害と遂行機能障害を発症しており、新しい物事を記憶できなくなっていた。計画的に思考を組み立てられず、他人からの指示がなければ動けない。自分がなにをしているのか認識できず、突発的な言動も多かった。対局があると思い込んで、将棋会館へ行こうとして転倒したこともある。

将棋をできる状態ではなかった。

今、桂五君が私と指しているのは、将棋ではない。

桂五君が指示を出し、私が相手の駒を動かしているだけ。おまけに、本人は気がついていないが、常に同じ盤面をなぞっていた。たぶん、彼が頭に記憶している棋譜(きふ)を再現しているのだと思う。

そんな茶番を「将棋」と呼んで、毎日、相手をさせられていた。

「ああ、大丈夫？」

桂五君の身体の位置が傾いてきたので、私は立ちあがった。

半身麻痺のため、長時間、同じ姿勢を保つのがむずかしい。私は桂五君の身体を起こし、背中に手を当て背抜きした。こうすると、座っているときの不快感が軽減されると、介護の本に書いてある。

「なにやってるの。早くして！」

「うん、でもこのままじゃ、桂五君が椅子から落ちちゃうよ」

以前とはまったく性格が変わって、最初は落胆した。なのに、今は「はいはい」と聞き流すことができている。

愛が深い……そうじゃない。たぶん、慣れだ。いちいち気にしていたら、とっくに私は駄目になっている。

高次脳機能障害は認知症と違って、これ以上、悪くなることはない。リハビリすれば、少しずつ社会生活を送れるようになるはず。そう、医師も言うし、書店で買った本にも書かれていた。怒りやすい性格も、高次脳機能障害の症状だ。これから改善していく。大丈夫。みんなそう言ってる。だけど――。

席に戻りながら、私は将棋盤を見おろした。

きっと、もう桂五君は将棋を指せないだろう。

将棋について考えたり、語ったりする桂五君が好きだった。子供みたいに夢に向かって駆けていく彼は、いつもキラキラして……凡人の私も一緒に夢が見られた。その夢を、私は好きだったんだと思う。

――香子さんか……香車みたいで、素敵ですね。まっすぐ、前だけに進む、いい名前だと思います。

桂五君と知りあって、自分を少し好きになれたのだ。香車の駒を見るたびに、ちょっと特別な気分になっていた。自分の名前に、新しい意味をつけてもらったと感じている。

でも、今は変わった。

こうやって桂五君の相手をするのも虚しい。香車を動かせと指示されるたびに、心の底に立ち込めた黒い靄が濃くなっていく。

この日は、珍しく来客の予定があった。

倒れた直後は、将棋会館の人や、他のプロ棋士がお見舞いに来ていたけれど、退院して自宅療養になってからは、すっかりご無沙汰だ。久々に他人様を家にあげなければならないので、私は朝からバタバタと忙しく片づけをする。

「早くしないと……」

桂五君はあいかわらず、イライラしていた。介護用の電動ベッドから立ちあがらせるときも、焦った様子で「将棋がしたい」と言うばかりだ。

こんなの、違う。

桂五君はもっと穏やかで、マイペースな人だった。でも、思い立ったら猪突猛進で破天荒なところもあって……出会ったころだって……。

楽しいのは思い出ばかり。

だけど、心を無にするためには、思い出に浸るのが一番楽だ。

「お久しぶりです、香子さん」

春日さんは、桂五君の友人だった。そして、同じプロ棋士で……かつては、好敵手だったらしい。でも、春日さんは初タイトルを獲得したとニュースで見た。今はもう桂五君の「好敵手」などとは呼べないだろう。

春日さんは気さくに笑うが、パリッとしたスーツを着ていて……それが、今の桂五君との差を大きく見せている気がした。

「今日はご足労いただき、ありがとうございます。春日さ——あ、もう春日竜王とお呼びしないといけませんね。おめでとうございます」

「えー、やめてくださいよ。春日で結構です」

春日さんは冗談めかしているが、実際はそう呼ばないと失礼だ。いくら桂五君と親しいと言っても、分を弁えるべきだった。

「よお、樫井。久しぶり」

桂五君の待つリビングへ入ると、春日さんは軽く手をあげた。以前となにも変わらない態度で、桂五君と接してくれている。それが私には、やや申し訳なかった。春日さんが今の桂五君と話して、失望しないか心配になる。

私は用意していた紅茶を淹れはじめた。古い頂き物だが、まだ香りは問題ない。うちにある飲み物では、一番いい品だ。

「あ……すみません」

紅茶を持ってリビングへ行くと、桂五君と春日さんが将棋盤を挟んで座っていた。部屋の隅に片づけていたものを、春日さんがセッティングしたのだろう。桂五君が「将棋をしよう」と強請ったのだと思う……。

「いえ、いいんです。俺も久々に樫井と指したかった」

笑ってくれる春日さんから、私は目をそらした。

将棋盤を挟んで向かいあった桂五君と春日さんが、整然と並んだ駒を進めていく。私と指しているときは、「ここに指して」と指示してくる桂五君だが、春日さんにはなにも言わなかった。将棋をしながら、こんなに静かな桂五君は久々に見る。

だが、不意に春日さんの手が止まった。

長考しているのか、顎を手でなでている——いや、きっと春日さんは気づいた。桂五君が将棋を指しているのではないということに。記憶の中に眠る棋譜をなぞっているだけだ、と。

「どうした、春日」

考え込んだ春日さんを急かすように、桂五君が睨んだ。顔に力が入り、語調もキツい。あまりに失礼な言い方に、私は思わず立ちあがってしまう。

「お前は変わらないな」

申し訳ありません。と、私が頭をさげる前に、春日さんが呟いた。口元を緩めて、春日さんは笑っている。

「わかったよ。四時間でいいか？」

「……三時間半で頼む」

「ああ、そうだったな」

それから、二人は黙々と将棋を指した。私は、駒の動かし方くらいしか知らないけれど、いつもの盤面だというのはわかる。なんの打ち合わせもなく、春日さんは桂五君が指したい対局を再現していた。

「まいりました」

やがて、春日さんが投了した。桂五君も「ありがとうございました」と、身体を前に倒す。私は桂五君が将棋盤のうえに倒れないよう、そっと支えた。

「香子さん。こいつの棋譜ノートありますか？」

「え……たぶん。どれか、わからないんですけど、そういうのは部屋に……」

桂五君が将棋のためにつけていた記録は、すべて保管してあるはずだ。私は春日さんを桂五君の部屋に案内することにした。

部屋に入った春日さんは、書棚にあるノートの頁をいくつかめくっていく。目的のものがはっきりしているらしく、やけに手際がよかった。

そして、九年前のノートで、手を止める。

「九年前の七月二日。覚えてます？」

「え……」

私は目を伏せて考えた。詳しい日付を言われても、わからない。ただ、そのころは……桂五君と出会った時期だ。

「これは、俺との対局です」

春日さんが見せてくれたのは、たしかに九年前の七月二日の記録だった。対局相手には、春日さんの名が書いてある。

「この日、会館につくなり樫井は俺に、四時間で勝負をつけるって、言ったんですよ。よく覚えてます」

「よ、四時間で……？」

それは短い。プロの対局時間は持ち時間が決まっており、たいてい、双方ぎりぎりまで使い切る。四時間で対局が終わるなんて、よほどの早指しだ。

「正確には、歩く時間を確保したいから、三時間半。香子さん、覚えてます？」

その時期と、四時間というキーワード……身に覚えがある。

私と桂五君が初めて会ったときのことだ。明治神宮を散歩していた私に、桂五君が声をかけた。今にして思えば、あれは対局のために将棋会館へ向かっていたのだろう。

桂五君は、私に「一目惚れ」だと言っていた。不審者が出たと、思った……

だけど、「三時間、いや四時間で戻りますから、待っていてください！」と、手をにぎる様が、あまりに必死だったので、私はつい了承してしまったのだ。ちょうど、カフェで読書をする予定だったため、場所を伝えて待ってみた。

あとで聞いたら、「二度と会えないと思ったから」なんて笑っていたっけ。桂五君は私と付き合う前、携帯電話すら持っていなかったから。連絡先を聞いたら、将棋会館の番号を渡され、つい噴き出した。

あのときだ……。

「四時間で勝つなんて言われて腹が立ったが、それでも、この日の樫井は強くてなぁ……完敗しました。あんなことを言ったのは、俺に長考させないための策かと思いましたけど。あとで理由を聞いて死ぬほど笑いましたね」

桂五君は、私に四時間なにをしていたか告げなかった。でも、春日さんにだいぶ失礼なことをしていたのだと思うと、なぜか私が居たたまれない。

「将棋一筋で、他には頓着しない。それが、あのときだけは、一目惚れした女の子のために、勝ちたかったって……ああいうの、初めてでしたよ」

　春日さんは、私の手にノートを持たせてくれた。手書きのノートは黒ずんでいて、何度も読み返したあとがついている。研究熱心な桂五君らしいが、同時に、この日を大事にしていたのだといっそう感じとれた。

　不器用な人だ。将棋のことしか考えていない。出会った日ですら、棋譜として覚えているなんて……私は思わず、ノートを抱きしめる。

　変わってしまったところばかり、見ていた。昔の桂五君ではないと、落胆していた。けれど、彼はずっと同じだった。変わっていない。

「あの……春日さん。ありがとうございます」

「僕は樫井と一局指しただけですよ……もうしばらく、部屋を見ていていいですか？　ここには、なつかしいものがたくさんある」

　他のノートを見る春日さんを残して、私は桂五君が待っているリビングへ戻った。そして、椅子からズリ落ちそうな桂五君の身体を支えながら、抱きしめた。

「散歩……行こうか。明治神宮お参りして、カフェでお茶しよ？」

　そう言うと、桂五君の顔が動いた。

麻痺の残る左側が強張っているので、いつも不機嫌そうに見えていたが……彼はずっと、笑っていたのかもしれない。

香車みたいに、前へ進むいい名前。そう桂五君に褒められたのに、いつの間にか、私はうしろばかりを見ていた。

気づかなかった。

ずっと、桂五君は笑っていたのに……。

あなたは、なにも変わっていなかったね。

負ける準備は出来ていた

萩鵜アキ

小学生の頃、僕は将棋に出会った。将棋が楽しくて、毎日指し続けた。風邪をひいているのに将棋を指して、それが原因で倒れたこともあるほどだった。それくらい、将棋が好きだった。そのおかげか、棋力がみるみる伸びた。小学四年生になる頃にはもう、将棋道場に来る大人に負けないくらいの棋力になっていた。

小学生将棋大会に参加した時に、プロの指導対局で今の師匠に出会った。その時僕は『大人に負けないくらい強くなったから、プロとだって良い勝負が出来るはずだ』なんて思ってた。結果は惨敗。飛車角を落とされているのに、手も足も出なかった。

その日、僕は将棋の対局に負けて初めて泣いた。

それから六年が経過し十六歳になった頃、僕は奨励会三段リーグに昇段した。奨励会は、プロになるための最後の難関だ。中でも三段リーグは『地獄の三段リーグ』と呼ばれている。

リーグ戦は一期十八戦。最低でも十二勝を挙げなければ、トップ争いにすら絡めない。将来名人になるような棋士ですら、三段リーグでは必ず土を付けられる。三段リーグとは、そんな過酷な場所なのだ。

奨励会三段リーグに在籍している者は、原則二十六歳で奨励会を強制退会させられる。二十六歳になっても成績次第では三段リーグを続けられるが、基準を満たさなければ、プロ棋士への道が容赦なく絶たれてしまう。

そんな血も涙もない勝負の世界で、僕は必死に戦い続けた。三段リーグ一期目だけは負け越したが、それ以降は勝ち越しを続けた。けれど一度も、トップ争いには加われなかった。

『次はトップ争いの筆頭だ』と言われ続けて、十年が経った。

二十六歳になる今期が最後の三段リーグだ。負ければ退会。そんなプレッシャーが良い変化に繋がったのか、僕は初めて、トップ争いに食い込んだ。

時々負けても、調子を崩さずに勝ち続けた。気がつけば、十二勝四敗。残り二局。プロに手が届くところまでやってきた。

最終日、二局あるうちの一局が終わって、十三勝四敗。僕と成績が並んでいるのは二人だけ。僕は前期五位。他の二人は十二位と十九位だ。もし僕が負けても、残り二人のうちどちらかが負ければ、前期の順位が上の僕がプロ入りを決める。逆に、勝てばプロ入りが確定する。

大一番の対局序盤、作戦が見事に決まった。会心の指し回しだ。手がすいすい伸びていく。序盤で差を付けて、順調に相手を引き離していく。

最終盤に入ったところで、僕は詰み筋を見つけた。十七手後に、相手玉が詰む。

「ピッピピッ、ピーーーーー」

対局時計のカウントに急かされる中、間違えないように、慎重に王手をかけ続ける。ここで勝てばプロだ。やっとプロになれる。そう思うと、心拍数が急激に上昇した。バクバクと、心臓が激しく打つ。みんなに心臓の音が聞こえているんじゃないかと思うほどだ。

もしかしたら相手にも、聞こえているかもしれない。ちらり、相手の顔を窺った。相手にも、自玉詰みが見えているはず。なのにその表情には諦めが浮かんでいなかった。逆に、ここから勝てると思っているみたいだ。

まさか、逆転の手があるのか？　不安だ。けれど、もう持ち時間ゼロ。読み直す暇がない。僕の読みでは、十手後には間違いなく相手玉が詰む。ずっと王手の連続だ。一度も途切れることはない。反撃は、絶対にない。

不安を覚えつつも、僕は読み通りに玉を追い詰めていく。

「ピッピッピッ、ピーーーーー」

ギリギリまで読みを入れて指す。即座に対局時計のボタンを叩く。間違えないように、慎重に。プロになる権利が、この手からこぼれ落ちないように。

あと三手で即詰みだ。詰まし方は二通り。金打ちか、竜寄りだ。

（大丈夫、大丈夫……）

手汗を拭ってから、僕は静かに竜を寄せた。次の瞬間だった。

――パシッ！

電光石火。相手が素早く駒台の角を打った。

大きな音に、ビックリした。けれど気を取り直して、僕は駒台にある金を摑む。ここに打てば玉が詰む。狙いを定めた僕の手が、ぴたりと止まった。

「…………っ」

僕の竜と相手玉の間に打ち込まれた、合駒の角。それが、王手を防ぎつつ僕の王をまっすぐ狙っていた。

(逆王手っ⁉)

攻防の角。起死回生の一手。しまった……。駒台にある角が、読みから外れていた。

(……だ、大丈夫。なんとかなる。なんとかしてみせる!)

慌てて読み直す。自玉が逃げると、三手後に詰む。どこに逃げても結果は同じだ。合駒を打って角道を塞ぐしかない。それでこちらが勝ちに……。

(あっ)

駒台に残っているのは、金と歩だけ。歩を打ちたいが、その筋には既に歩がいる。歩を打てば、二歩で反則負けだ。だからといって、金を打つと、こちらの王は助かるけど、相手玉への詰めろが外れる。

（…………しまった、逆転だ）

僕の心が、高いところから、一気に低いところに落下した。

形勢が、逆転した。二十手後に、僕の王に必至がかかる。どう足掻いても僕の王は、助からない。

負けが見えてしまうと、僕の目は盤面から対局室の天井に向かった。

頭に浮かぶのは、勝ちをもぎ取る道筋ではなく、どこがいけなかったのだろう、という反省ばかり。

（ああ、そっか。あそこで竜を寄せたけど、金打ちが正解だったんだ）

負ける形作りをしながら、やっと自分の悪手に気がついた。

あの場面、詰まし方が二通りあると思っていた。けれど実際は、一方が詰みで、もう一方は大悪手だった。それを読み逃していた僕は、悪手を選んでしまった。

「ピッピッピッ、ピーーーーッ、ピッ」

「負けました」

「ありがとうございました」

最後の最後で、一番大事な局面で、僕は盛大なポカをやらかした。

全身が脱力して、考える力が湧かない。そんな僕に気を遣ってくれたのか、相手は無言で立ち上がり、幹事の下に報告に行った。リーグ戦の表に、勝敗の結果を書き込みに行くのだ。

勝敗を書くのは、勝った者の役割だ。だから、立ち上がって幹事の席に行くのは、全員が勝者である。

脱力した状態のまま、僕は最後の希望を抱いていた。今回の対局で、僕は負けた。けれど、トップ争いをしているどちらか一方でも負ければ、プロになれる。まだ、大丈夫。プロへの道は、まだ潰えていない。

バクバクという心臓の音。僕はじっと、その時を待つ。

(負けてくれ。頼む、負けてくれ……)

相手の敗北を祈るなんて浅ましい。けれど祈らずにはいられなかった。

次々と最終局が終わる中、ライバルの二人が立ち上がり、勝敗表の下へと向かった。

（ああ、終わった……）

この瞬間、僕のプロ入りの夢が絶たれた。

将棋会館を出る前に、幹事の先生に最後の挨拶をした。それから地下にある『将棋世界』の編集部に行き、馴染みの記者に別れを告げた。

そこからは、どうやって家に帰ったのか覚えていない。気がつけば、自分の部屋だった。

「案外、なんともないもんなんだなぁ」

呆気ない幕切れだった。これまで幾度となく、プロに手が届かなかった時の自分の姿を想像したことがある。その時の僕は、決まって泣きじゃくっていた。だからてっきり、泣きながら家に帰るものだと思っていた。

けれど、実際にその時が来てみると、意外に涙は出て来なかった。

プロ棋士になると意識してからは、すべてを将棋に捧げた。学業や恋愛、交友関係から遊びまで、すべてをなげうって将棋に捧げてきた。

「その結果が、これかぁ」

これまでの人生が全否定されたっていうのに、涙さえ流れない。

「僕にとっての将棋って、こんなもんだったのか」

自分の本気がその程度だったと思うと、逆の意味で泣けてきた。

翌日、僕は師匠の自宅を訪れていた。師匠に弟子入りしてからというもの、これまで何度も訪れたことのある一軒家だ。

見慣れているはずの家が、なんだか今日は別の家のように感じられた。インターフォンを押す指が、震えた。けれど意を決して、ボタンを押し込む。

「……上がれ」

扉から現れた師匠の眉間には、深い皺が刻まれていた。

師匠は現在、Ｂ２クラスで活躍している。タイトル戦にも何度か挑戦している、トップ棋士の一人だ。師匠はこれまで、幾人ものプロ棋士を輩出してきた。

そのうちの一人に、僕はなれなかった。

「……座れ」

「はい」

師匠に指示されて、将棋盤の前に座った。昔から変わらない、本榧製の四寸九分の将棋盤は、初めてこの家に来た時は、それはもう大きく見えた。けれど今ではすっかり見下ろす角度だ。

僕らに、言葉はいらなかった。ただ将棋が好きで、他人と将棋が指したくて、勝つと嬉しくて、負けると悔しくて……。あの頃の僕は、ずっとずっと同じ気持ちで、楽しく将棋が指せると思っていた。

いつからだろう？　将棋が、怖いと思い始めたのは。そして対局前に、負けた時の心の準備を始めるようになったのは……。

いつものように無言で駒を並べ終えると、二人同時にお辞儀をした。挨拶が終わると、師匠はすぐに飛車先の歩を突いた。それを受けて、僕も同じく飛車先の歩を突いた。

「今回は残念だったが、今期は勝ち越してるから、来期もリーグに在籍出来るぞ。それに次点もある」

「そうですね」

「それでも、辞めるのか」

「……はい」

次点を二つ取れば、プロ棋士になれる。けれど所属はフリークラス。良い成績を収めないと、十年で引退だ。三段リーグを抜け出せず、負け癖が付いた自分が、フリークラスから抜け出せるとは到底思えなかった。

パチ、パチ、パチ。手を進めて行くうちに、いろんな思いがこみ上げてきた。ああすればよかった。こうすればよかった。良い手が浮かぶのは、いつも対局が終わった後ばかり。けれど、良い手を指さなきゃいけないのは、戦っている最中なのだ。戦いの最中に、僕は、最善手を逃し続けてしまった。

「お前は、よくやった」

師匠の声は、苦しみに喘(あえ)ぐようなものだった。

「お前を、プロ棋士にさせてやれなくて、本当にすまんかった。駄目な師匠で、本当にすまんかった」

「ち、違います師匠。プロ棋士になれなかったのは僕が弱かったからで――」

「弟子をプロにするのが師匠の仕事だ。お前は、よくよく頑張った。その頑張りを、俺は一番近くで見ていた。あれだけ頑張ったのに、プロになれなかったのは、俺のせいだ」

「違います、師匠。僕は、師匠が言うような人間じゃ、全然なくて……」

その時だった。ぽた、ぽた、と目から涙が溢れ出した。

僕は頑張りきれない人間だった。研究も対局も、どこかで気を抜いてしまうことがあったし、やるべき勉強を後回しにすることだってあった。

倒れるまで将棋を指さなかった。最後の最後まで、盤面だけを見続けることが出来なかった。ただ将棋が好きだった、小学生の頃のように……。

「僕は、駄目人間だったんです」

一度決壊すると、もう駄目だった。これまでの師匠との思い出とか、奨励会に入会じてからのこととか、切磋琢磨した仲間達のこととか。勝ったこと、負けたこと、歯を食いしばりすぎて奥歯がすり減ってしまったこと、対局日前日は必ず魘(うな)されて深夜に目が覚めたこと。ライバルに抜かれたこととか、抜きかえしたこととか、先にプロ入りを決めた友人が今でもプロの世界で僕を待っていることとか。最後の大一番で、とんでもない悪手を指してしまったこととか……。すべての記憶が一斉に頭の中を駆け巡って、その時の感情が生々しく蘇ってきて、次から次へと、涙がこぼれ落ちた。

「うう……ううう……」

泣きながら、僕は手を動かした。泣いても笑っても、これが最後だ。プロ棋士を目指した僕の、最後の対局だ。だから何度も涙を拭って、駒を動かし続けた。この日、プロ棋士を目指した僕が将棋の対局で泣いた、最後の日になった。

「参りました」

「……あ、りがとうございました」

師匠との最後の対局は、僕の勝利で終わった。

「はあ、冴えんなあ」

最後の検討で、師匠はしきりにそう呟いた。どうも自分の指し回しが良くなかったようだ。実際、手を抜いてくれているのかと思うほど、師匠の攻めは重かった。

「ここの3八飛車、味が良いな」

「ありがとうございます」

味が良いとは、良い手という褒め言葉だ。師匠からなかなかもらえない台詞である。それを最後の最後で引き出せたことは、僕にとっての宝ものになるだろう。

「それで、これからどうするか決めてるのか？」

「いいえ。……でも、まずは就職ですね。そこから、アマ竜王やアマ名人を目指そうかと思ってます」

「そりゃまた、えらく険しい道だな」

僕の言葉に、師匠はほっとしたように笑った。将棋をやめるんじゃないかと心配していたのだろう。たぶん、僕はこれからも将棋を続けていく。小学生の頃から共に人生を歩んできた将棋との決別は、きっと無理だから。

それに、ちょっとした下心もある。

「もしアマ竜王かアマ名人になれば、プロの棋戦にも出られますからね」

アマチュアの実力者には、プロの舞台で戦う権利が与えられる。たとえば棋界序列一位の竜王戦がそうだ。

アマチュアになっても、プロと同じ土俵に上がることが出来る。

その時は――。

「練習じゃなくて、本番で、師匠に勝利（おんがえし）させて頂きます」

「……はっ！　百年はえぇよ」

こうして、僕の奨励会時代が終わったのだった。

一緒に違う場所を見て

日野裕太郎

広げられた写真を後ろからのぞきこむと、隆一郎（りゅういちろう）がすこし身体をずらした。

「なにその写真。兄ちゃん、それいつ撮ったやつ？」

朔太郎（さくたろう）が尋ねると、写真に刻印されている日付を兄は指さした。それは十年ほど前のもので、そこには兄の隆一郎と自分、そして祖父が写っている。

なつかしいと思うのに、どこで撮ったものだか思い出せない。

「これ、じいちゃんの部屋にあったやつだよ」

「部屋？　じいちゃんの荷物整理でもしてんの？」

「じいちゃんのとこのレクリエーションで、写真コピーしてコラージュするっていうから、部屋見てきたんだよ。頭と手を使うから認知症防止にいいんだって。次にホームいくときに持ってくから、いまのうちに朔も見ておけば？」

写真の束を差し出してきた兄のカップは、空になっていた。

「なんか飲む？　コーヒーでいい？」

「ありがと。コーヒー、コーヒーポットにまだあるよ」

台所でコーヒーをカップふたつに注ぎ、ミルクを落とす。自分の分は多めに、兄の分はすくなめに。

気がついたころには、おたがいの好みは別れていた。

リビングに戻った朔太郎がカップを置くと、色の違いを見て、兄は自分のカップを手に取っていた。

並んで腰を下ろし目を向けた写真は、朔太郎たち兄弟を写したものがほとんどだ。カメラに朔太郎は笑い、ピースサインを両手でつくっている――が、撮られたときの記憶がなかった。

一方、写真に写る兄は、その大半がカメラのほうを見ていない。どの兄も将棋盤を食い入るように見つめ、考えこんでいるようだ。

ただ、どれもおなじ場所で撮影されている。

「覚えてるか？」

自分たちではなく写真の背景から、朔太郎は思い出しはじめていた。

「うん、これあそこ、将棋サロンだよね。小学生のときよく連れてかれた」

そこは祖父が通っていた将棋サロンだった。

写真の背景に、将棋サロンに飾られていた枯木が写りこんでいる。

小学校二年生くらいのときに頻繁に連れていかれ、どうしてこんな大きな木を室内に置いているのか不思議でならなかった。

アマの大会で優勝経験もあった祖父は、孫にも将棋を覚えてもらいたかったようだ。祖父と同居だったことも大きかっただろう、楽しいぞ、とまだ読み書きを覚える前から兄弟に駒にさわらせた。

先に二歳年上の隆一郎が将棋を覚え、兄の真似をするように朔太郎も覚えた。覚えたが、朔太郎にはそれだけだった。宿題もあり遊ぶ近所の友達もいるなか、わざわざ将棋のために時間を割こうと思わなかったのだ。

だからか祖父は、将棋をさせたくて孫ふたりをサロンに連れていったらしい。朔太郎にとって将棋サロンは、お菓子を食べられる場所であり、帰りに祖父が小遣いをくれる——いまではそのくらいしか思い出せない。

対して写真のなか将棋を指す隆一郎は、盤面を真剣に見つめている。

「兄ちゃん、けっこう真面目にやってたんだな、将棋」

「ルール覚えてる？　やるか？」

「やるって？　もしかして将棋？」

隆一郎の手が空中で動いた。その手が将棋の駒を持っているように見えた。

朔太郎は黙ってうなずく。

「盤もじいちゃんの部屋にあったんだ」

祖父が老人ホームに入ったのは三年前で、部屋はそのままにしてある。定期的な一時帰宅を推奨するホームだが、最近は帰ってきていない。

足を向けた祖父の部屋は、きれい好きの母の手腕でほこりっぽさのない状態が維持されている。祖父がいないときに足を踏み入れるのははじめてで、朔太郎は若干の居心地の悪さを覚えていた。

香りが好きだから、と畳に茣蓙（ござ）の敷いてある祖父の部屋で、隆一郎が将棋盤を用意するのを見守った。すでに手にしていたコーヒーはぬるくなっていて、台所に持っていくか迷う間にも準備は整えられていった。

将棋盤を前にあぐらを掻いた隆一郎が、ゆったりと笑う。

「朔、おまえ先手でいいよ」

朔太郎は盤に目を落とす。先手のほうが有利だとサロンで教わり、弟だからと朔太郎はいつも先手で兄と将棋を指していた。

「先手が有利って、ほんとかな」

「どうだろ。先手でも後手でも、勝つときは勝つしな」

駒が動くたびに、ピシリと厳しい音がする。

音がひとつひとつ重なるにつれ、神経が集中していくようだ。

小学生のころ顔を出していた老人ばかりのサロンでは、子供が遊びにきたといって可愛がってもらっていた。

あのころは先手で兄と指し、たいてい朔太郎が勝っていた。当時の朔太郎は将棋をチョロいと思っていて、やがてサロンについていかなくなった。小遣いやお菓子よりも、結局近所の友達と遊ぶことを選んだのだ。サロンについていったのは、兄の隆一郎だけだった。

いま思うと、あのころの兄はわざと負けてくれていたのではないか。

兄と向かい合って駒を動かすうちに、これは自分の負けだとわかってきた。

——頭のやわらかい子供時分からはじめていないと、なかなか成長できない。サロンに足を運んでいたころ、そう聞かされていた。確かに当時のほうが、頭が柔軟だったかもしれない。駒の動きをもっと先まで見通せていた気がする。

朔太郎はうつむき、負けを認めるのがいやで、隆一郎を上目遣いにした。

「もう一回、いい？」

隆一郎は目を細め、うん、とはっきりしない声を出した。

盤面がリセットされる。

朔太郎はずっと、兄のはっきりしない返事を聞いて育った。了承するとき、そんな声を出す。頼みを断られることはほぼなく、朔太郎の面倒をよく見てくれた。子供のころから、兄はずっと面倒見がよかった。

駒を交互に動かすなか、朔太郎は兄の顔を盗み見た。

朔太郎に注意を払っていないようだ。ひたすら盤面に集中し、先ほど目にした写真——過去の隆一郎とおなじ顔つきをしている。

「もしかして、兄ちゃん将棋好きだった？」

真剣だった隆一郎の顔が、ふいに緩んでいく。その表情でわかった。兄はずっと将棋が好きで、そのことを自分は知らなかったのだ。朔太郎の胸の奥がしんと冷える。ずっと一緒に育ってきて、仲がいいと思っていた。なのに兄に関して知らないことがあったのだ。

「じつのとこ、俺、将棋続けてたんだよ」

いつもと変わらない声だった。将棋を指す兄を想像する。その姿はすんなり想像でき、知らされていなかったことが今度は腹立たしくなってきた。

「続けてたって、性に合ってたんだ？」

ぶっきらぼうな声を出し、朔太郎は冷たくなったコーヒーに手を伸ばす。

「ネットでも対戦できるし、いま大学で将棋サークル入ってる」

「そうなんだ、全然知らなかった」

「……なに怒ってんの？」

「べつに怒っては」

「でも朔、むかついてるだろ？」

兄は朔太郎の態度にいつも敏感だ。ずっと一緒にいるからか、自覚していないだけで朔太郎が態度に出やすいからなのか。

「だってさ、将棋ずっとやってたって教えてくれなかったじゃん。俺、じいちゃんのとこのレクで写真使うとか、全然知らなかったし」

「たまたま母さんから聞いてたんだよ。写真用意するだけだし、ふたりがかりで準備するもんでもないだろ？」

わりと朔太郎は兄になんでも話してしまう。それを性分といってしまえばそこまでだが、兄も話してくれているとどこかで信じこんでいた。

「将棋はさ……あれ以上、自信喪失したくなかったんだよ」

「自信喪失？」

「じいちゃんと将棋サロンいってたとき、朔に全然勝てなかったから」

「小学生のときじゃん、そんなの」

「小学生でも自信喪失するよ。なにやっても、朔が全部潰してくんだから」

声に悔しそうな色はなく、だが隆一郎の目は笑っていなかった。

お菓子を食べ、子供だからとちやほやしてくれるサロンのメンバーに朔太郎が交じっているなか、隆一郎はひとりで歯がみしていたのか。

「俺のこと負かしたおまえがお菓子食べてる間、サロンの店長さんたちがよく励ましてくれてた」

「そんなだった？　兄ちゃんもさ、なんか遊びにいってるだけって思ってた」

年齢の差か、と頭のすみで思う。たった二歳の違いだが、兄にすれば負けた悔しさを飲みこむ場所になっていたのか。

「兄ちゃんそういうけど、俺だってさ」

いうかいうまいか迷ったが、こたえが出る前に口が動いていた。兄の胸中だけを吐露させたのは、なんだかフェアではない気がしたのだ。

「……彼女できても、『朔くんのお兄さんのほうがいいよね』って急に言い出して、それで別れるんだよな」

自分でいっておいて、それとこれは違うな、と思った。兄もそう感じたのだろう、吹き出して相好を崩した。

「おまえ、彼女のことすぐ家に連れてくるもんな」

「家だと金かからないじゃん」

「……そういうところじゃないか？　彼女、どこか遊びいきたかったんだろ」

「だからって、兄ちゃん引き合いに出すのひどくないかぁ？」

「うん、理由に彼氏の兄弟使うような子、別れといて正解だな」

言葉の合間合間に、駒を動かす涼しい音が混じる。一局、一局と指していくなか、おもしろいくらい朔太郎は一度も兄に勝てないままでいた。

得意げにもならず、揶揄してくることもない兄の顔色はいつもとおなじだ。

「……俺よっわいなぁ」

「サロンいかなくなってから、全然やってないんじゃないか？」

「うん。将棋どころか、こういう対局みたいなのは全然してないや」

「朔、おまえもサロンいってみるか？　大学の近くに、最近通ってるとこがあるんだ」

「サロン通ってんの？　兄ちゃんもしかして、プロ目指す気？」

そう尋ねておきながら、朔太郎は将棋のプロがどういった仕組みなのかいまいちわかっていない。

「プロは無理だけど、アマの大会もあるから、そっちで」

「じいちゃんが優勝してたみたいなやつ？」

一局終わると、当然のように隆一郎の指が盤面を整えていく。

「まだやる？」

「やめるか？」

「……俺だとさ、もう兄ちゃんの相手にならないんじゃない？」

「どうかな。数指したら、朔のほうが断然強くなるかもしれないだろ」

朔太郎はうれしくなっていた。一緒に遊ぼう、と誘われているように聞こえたのだ。

だがもう朔太郎にとって将棋は遠いものだった。

——兄を負かしていたときでも、続けていかなかったのだから。

負けていてもひとり盤面を睨んできただろう兄と、軽い気持ちで対局することに気が引けている。

「将棋って勝ち負けじゃん」

朔太郎の気持ちが萎えてしまったことを察してか、隆一郎の両手が駒をまとめはじめた。盤の中央に駒を山にしていく。山崩しをするのだとわかる。

「遠慮しないで、兄ちゃんやりたいようにできそう？」

ずっと先手で指してきたから、朔太郎は山崩しでも自分から崩しはじめた。順番に積み上がった駒を指先で抜いていく。将棋を指すのも山崩しをするのも、朔太郎には久しぶりだ。

「俺、やりたいことやってないように見えるか？」

「うん。言い方悪いけど、兄ちゃんっていいひとじゃん」

「お兄ちゃんなんだから、ってちいさいころから言われてたしなぁ」

「俺のせい？」

俺だって、と胸のなかで朔太郎はひとりごちる。俺だって、お兄ちゃんを見習いなさいといわれて育った。そしてその通りだと思っていたし、この先もそうなのかと思うと胸がざわつく。

兄が将棋を選んだように、なにかを選んで向き合っていけるのだろうか。

「おまえのせいじゃ……まあそれなら責任取って、俺の将棋の相手するか？」

「俺、サンドバッグじゃんかよ」

家の内外問わず、おもてで伝え聞くものでも、ずっと兄は面倒見がいいと評判だった。それは周囲の空気が読める——顔色をうかがえるということではないか。

将棋を指す上でそれが有利になるのか、もう兄に勝てないでいる朔太郎にはわからなかった。

「ほんと、指してるうちに、また俺よりずっと強くなるかもな」

将棋を指している間は、兄は面倒見のいい良い子から抜け出せる——それはいいことのように思えた。

「兄ちゃん、けっこう執念深いなぁ」

「そうだな、負けてても、まあ——将棋やろうって思うくらいには」

積み上がった駒を引き抜こうとした隆一郎の指先から、カチャリと音がした。

「やった。俺、一勝じゃん」

朔太郎がいうと、隆一郎は声を上げて笑った。


「ホームに写真持ってくとき、みんなで一緒にいこうか」

「じいちゃんに会うのひさしぶりだなぁ。兄ちゃんが将棋してること、じいちゃん知ってんの？」

「ちょっと指してる、って話したけど、大会出るとかは全然いってない」

「話したらびっくりすんじゃない？　びっくりし過ぎて心臓止まったりして」

「……洒落にならないこというなよ」

隆一郎の部屋に入るのはひさしぶりだった。ベッドサイドに漫画が積み上がっていて、朔太郎は手に取ってめくっていく。読んだことのない漫画だった。

「リボーンの棋士？　将棋の漫画じゃん」

「読むなら持ってっていいけど、友達に又貸しするなよ」

「これ読んだら、俺のほうが将棋強くなったりして」

「そういうこともあるかもな。漫画も小説も、将棋が出てくるやつけっこう持ってるから、ためしに全部読んでみろよ」

隆一郎の声が挑戦的になる。これもはじめて知った――朔太郎が思っているより、隆一郎はずっと将棋に執着していたようだ。

「朔、コーヒーおかわりするか？　今度は俺が淹れるよ」

漫画片手に台所についていく。コーヒーついでに、小腹も減ってきていた。

「じいちゃんに、写真だけじゃなくて将棋の本なんかも持ってってみる？　喜びそうじゃん」

「頭はっきりしてるらしいし、刺激になっていいかもな。大荷物になるけど」

ホームにいったら、三人で将棋まみれになるのも楽しそうだ。

広がっていくコーヒーの香りのなか、朔太郎はそう思っていた。

白い昼と月の夜のエチュード

澤ノ倉クナリ

秋の風が、古いアパートの、ささくれた白い外壁をなでていた。

閑散とした団地の敷地の片隅に、朽ちかけたバラック小屋がある。

殺風景な小屋の中には、木製の長椅子がぽつんと置かれ、その上に折り畳み式の将棋盤が広げてあった。平手(ひらて)で配置された駒が並んでいる。

春川瀬月(はるかわせつき)は、高校生の少年らしくもない落ち着いた眼差しで、一人それを見下ろしていた。この盤と駒を置いたのだろう少女のことを考えながら。

長く黙考してから、2六歩と飛車先を突いて、その場を後にする。

翌日、瀬月が小屋を訪れると、後手の手が一手進められていた。それを見て、瀬月も一手を指す。

翌日、さらに後手が一手を進めていた。無言で進む、姿なき相手との対局に、瀬月は失笑した。

＊

瀬月が母と二人暮らしをしていた団地は、昔から空き部屋が多く、いつ取り壊されてもおかしくないように思われた。

彼と同じ棟に、瀬月と同じくひとり親家庭の、二つ年下の少女が一人いることは、瀬月も知っていた。

瀬月が十二歳の夏休み、最寄り駅のホームで、風綿雪歩を見たのは偶然だった。既に顔見知りだった瀬月は、傷んだ黒いスカートの少女に、一緒に帰ろうと声をかけた。この時雪歩がにこりともしなかったのを覚えている。

「風綿さんのおばさんはどうしてる？　元気か？」

「……あまりうちに帰ってきません。昨日の夜からいません」

瀬月は生来人付き合いは苦手だったが、この時は雪歩を自宅へ誘った。

「母さん。今日、この子と三人で夕飯を食べたいんだ」

驚きながらもうなずいた瀬月の母と共に子供二人は食卓を囲み、その後瀬月は雪歩に、自分の唯一の趣味の将棋を教えた。

翌日からは、自宅に長時間女子をいさせるのに抵抗を感じた瀬月が、団地の隅のバラック小屋に雪歩を誘った。そこで夏休みの間、折り畳み式の盤と駒で、度々二人は指した。

　これが、風綿雪歩が他人と持った、初めてのまともな交流だった。

　それから五年後の、八月の夜。

「負けた……くそ。勝ち越してる相手なのに……」

　ベッドの上の、十七歳の瀬月の体が、敗戦の屈辱に熾火（おきび）のように火照（ほて）っている。握りしめたシーツのきしむ音が耳障りだった。

　瀬月が、血のにじむような努力の末に奨励会に入ったときは、前途が明るく開けて見えた。しかしその後、二段まで来て足踏みが続いている。かの三段リーグの厳しさは有名だが、その手前で瀬月の歩みは止まっていた。

　――八月に来て連敗……今回はもう、昇段は無理か……。

　瀬月は今の二段の中では若い方だが、ずっと先だと思っていた二十六歳の年齢制限は、成績が停滞するとやけに近く感じる。

だからこそ万全の準備をして、得意の居飛車で臨んだ今日の対局だった。それだけに、「負けました」と瀬月が告げた時の、相手の嬉しそうな表情がまぶたの裏に焼き付いていて、胸をかきむしりたくなる。同時に思い浮かぶのは、瀬月とは対照的に勝ち星を重ねる少女の顔だった。

「雪歩は、初段リーグトップだよな……二段に上がってくるか……」

その時、部屋のドアがノックされた。

「あの、瀬月さん……おばさんが、お夕飯できたって……」

「……うん、雪歩。今行く」

雪歩は、夕飯を瀬月の家でとるのがすっかり習慣になっている。身内のように近い距離で、それでもよその家の子であることを自ら示すように、中学生のころから瀬月を「瀬月さん」と呼ぶようになった。

今日も、瀬月の母は嬉しそうに雪歩の好戦績を祝福するのだろう。まったく悪いことではない。雪歩は勝っているのだから。

——悪いのは、僕だ。勝てないから……。

長く戦果に恵まれない息子に、励まし方も慰め方も尽きた様子の母親とは、瀬月はここのところずっと会話がぎこちない。

雪歩は将棋を覚えるにつれて瀬月と打ち解け、戦友のように付き合ってきたが、近頃は自分の戦績がいいだけに気まずそうだった。瀬月に他に適当な友達でもいれば気晴らしもできただろうが、そのあてもない。

「将棋と無縁の人間関係を持つ余裕も必要も、僕にはなかったしな……」

倦怠感を振り切って体を起こし、部屋を出る。努めて笑顔を作って、瀬月は居間に顔を出そうとした。

しかし、食器の並んだテーブルを挟んで、こちらの方が実の親子のように屈託なく笑い合っている母親と雪歩を見たとき、胸の中で薄いガラスが砕けるような音を瀬月は聞いた。

居間を素通りして、スニーカーを履く。

「瀬月さん？」と雪歩の声が居間から響いた。

だが瀬月は、今は一人にならなくてはいけない、と思った。

だって自分は、弱いせいで、一人なのだから。

近所の公園の池にかかった橋の上で、瀬月は足を止めた。乱れていた息を整えて、その時ようやく、ひどく月の明るい夜なのだと気づく。

「雪歩が奨励会に入ったときは、素直に嬉しかったのにな……」

意外な深さを湛（たた）えた暗い水面を、瀬月が見下ろしたとき。

「飛び込んだらだめですよ」

「……追いかけてきたのか、雪歩？　いや、こんな池に飛び込むわけ……」

瀬月が口調だけ冗談めかしても、雪歩の表情は強張（こわば）ったままだった。それを見て、瀬月は自分が今どんな顔色をしているのかを悟る。雪歩の髪が夜風に揺れる様子に、まともに顔を合わせないうちにずいぶん伸びたな、と思った。それから、少し考えて、口を開く。

「雪歩。僕は、学校に友達がいない」

唐突な話に、雪歩は思わず「え？」と聞き返した。

「将棋しかして来なかったから。他人のために割く時間なんてなかったし、学校の外の人間関係だって、全て先に将棋ありきだ。そんな生活が僕には必要だった。でも、母さんにはずっと心配されてきたよ。だからこそ、僕が一番得意なもので結果を出せば、母さんも絶対に喜んでくれると信じた」

「……はい」

「でも、将棋ばかりで勉強しないから成績は悪いし、高校には進学したけど万年劣等生で……そこまでしても結局、将棋でも勝てない」

震える声に、今度は、雪歩はうなずかなかった。

「雪歩。君は僕より強くなる。それはいいことだ。でも、僕のすぐ傍で、僕が欲しかったものをどんどん手に入れていく雪歩を見るのが辛い。本当に必死にやってこの程度なんだよ、僕は。こんな僕といるのは、きっと君のためにならない。当分、会わないようにしないか」

自分の弱さのせいで、いつか心ない言葉を雪歩に浴びせてしまうのが怖かった。たとえ将棋で追い越されても、雪歩が大切なのは変わらない。

　学校では、体育祭や文化祭を将棋のためにことごとく欠席する瀬月を、担任や級友は責めた。いいから行事は出ておけ。それでもクラスメイトか。

　辛くなかったわけではない。しかし、これしかないと自ら賭けた唯一の道の上では、何を守り、何を遠ざけるのか、すべて自分で決めなくてはならない。

　瀬月は、濡れた目じりに、水上を渡るぬるんだ風を感じた。余計なことは考えずに将棋だけと向き合おうとする度に、否応なく、自分の弱さや情けなさとも向き合わなくてはならないのが、時々不思議だった。

「……もう五年前ですか。瀬月さんが、将棋を教えてくれて」

「うん？」

「私が将棋で強くなれたのは、大切なものが他に何もなくて、将棋だけに打ち込めたからです。それは、あの駅で瀬月さんが呼び止めてくれたから始まったんですよね」

「……今だから言えるけど。あの時、雪歩がホームから飛び降りそうに見えたんだ。それでとっさに」

「飛び降りようかなって思ってましたよ。私は、それでもよかったんです」

え、と瀬月は、いつしか伏せていた視線を上げた。

「あの時は、私がそうしたら悲しむ人も、飛び降りちゃいけない理由も思い浮かびませんでしたから。どこにいていいのか、誰といればいいのか、分からない時間がちょっと長く続いていて。私はずっとこうなのかなって思ったら、子供ながらに怖くなっちゃって」

瀬月は、あのホームでの、幽霊のように頼りなく歩く少女の姿を思い出す。初めて将棋盤を挟んで向かい合ったときの、気恥ずかしそうな視線も。

「将棋っていいですよね。盤の前に座ったら、歳も性別も人柄も関係なくて、勝つか負けるかだけ。私、親が平気で帰って来ない家の子なのが嫌でした。でも将棋を指しているときは、そんなこと全部関係ない私でいられる」

私も友達いません、と雪歩が小声で言ってから、続ける。

「私はきっとこれからいろんなものを、将棋で勝つために捨てていきます。それでも自分で選んだ分だけ、ただ一人にされてた頃よりずっといい。私たぶん、一生不幸にならないですよ。瀬月さんが将棋を教えてくれたから」

雪歩が、風音に紛れて鼻を鳴らすのを聞いて、瀬月の足が震えた。

「雪歩。僕の方が、ずっと君に救われてた。僕の世界に母さんしかいなかったら、きっと僕はだめになっていた」

「私たち、お互いに、結構大事な人ですからね。瀬月さんが戦う姿は、すごく立派ですよ。自分を傷つけないって約束してくださいね。……そうしたら、少しは、言うこと聞いてあげます」

そう言って、雪歩は、瀬月に背を向けて団地へと歩き出した。

空と水面に映る、二つの満月に挟まれながら小さくなっていく後ろ姿に胸中で何度も詫びてから、瀬月は無言で、にじんだ月に吠えた。

後は挑むだけだった。自分のすべてを賭けて。

＊

そうして一年後、十八歳の九月。瀬月は、自宅アパート脇のバラック小屋の中に一人立ち、昨日の続きの五手目を考えていた。

思考の狭間に、ここで雪歩と対局していた頃を思い出す。夏暑く冬は寒い、ガムテープだらけの窓の、劣悪な「道場」の日々。

「居飛車党は、ずっと、変わらないんですね」

いきなり入り口から声がして、瀬月は飛び上がりそうになった。

「……雪歩。三段昇段おめでとう。で、これはなんなんだ」

半眼の瀬月の前に、長い髪を風に揺らして、あまりしゃれっ気のない無地のシャツに白いスカート姿の雪歩が立っていた。奨励会で行き合ってもろくに口をきかずにいたため、久しぶりの会話に、瀬月の耳がくすぐったくなる。

「ありがとうございます。……初心を思い出そうと思いまして」

「僕が見つけなかったら、無駄になるじゃないか」

「見つけてくれると思ってました。節目だし、頃合いかなって」

「僕のことなんて、お見通しなんだな」と瀬月が苦笑する。

どちらともなく、盤を挟んで長椅子に座る。瀬月が指した。

「雪歩。あの時は、ごめん。勝手なこと言って」

ようやく伝えられた謝罪に、瀬月の目頭が熱くなった。それも勝手だよな、と思いながら。それでも、閉塞から解放された今、ようやく言える。

雪歩が、穴熊（あなぐま）の囲（かこ）いを進める。

「この一年、ずっと寂しかったです。対局に勝てば師匠や仲間は褒めてくれましたけど、私が帰ってくるこの団地で、一緒に喜びと思い出を分かち合って欲しい人に会えませんでしたから。私の将棋人生の最重要人物なのに」

雪歩がじろりと瀬月をにらむ。思わず瀬月は敬語になり、

「すみませんでした……本当に。……反省してる」

二人は、二段リーグで直接対局した後の感想戦すら機械的だった。

「でも、私たちって、いつも必死ですからね。この盤と駒に人生かけちゃって、他のもの全部に目もくれないで。だから、奨励会員同士くらいは、そんな必死さを許してあげていいのかな、とは思います。瀬月さん、三段昇段、おめでと

うございます」

ほんの一時の解放感の中、戦友の祝福が、瀬月の長い渇きを潤した。再び目元にこみ上げた熱はどうしようもなく、雫になって膝に落ちる。

「ありがとう」

「おばさん、喜んでました？」

「ぼろぼろ泣いてた。笑いながら。これからがさらに大変なのにな」

かつてなく瀬月が苦しんだからこその、これまでの昇段とは比べ物にならないほどの喜びを弾けさせた母親の笑顔。瀬月がずっと求めていたもの。それを目にしたとき、母親もずっと苦しんでいたことを、瀬月は痛いほど感じた。

雪歩の言うとおり、自分たちはいつも必死だ。これから先どれだけ、こんなにも必死であり続けるのだろうと思う。

犠牲が報われたと思えるくらいの救いが、最後にはこの手に得られるだろうか。そうだとして、その最後とは、いつだ？

これからも、抗い、あがき、傷つき、傷つけて、捨てて、つかみとり、時に許され、時に許されず、勝ち、負けて、数えきれないほど涙するのに。

瀬月の眼前に座る、たった今喜びを分かち合った少女とも、また遠からず戦うことになるだろう。その時、二人はただの勝者と敗者に分けられてしまうというのに――それでもやめない。

胸の内側からあふれる切なさに、瀬月は思わず、身を縮めた。

「雪歩。おめでとう。ごめん。ありがとう。僕は、頑張る……」

涙は幾多の感情を宿して小さく光り、瀬月の頬を流れた。

「私も頑張ります。あの駅の日からずっと、私は瀬月さんに感謝してるんですよ。やっとお話しできて、よかった……」

雪歩の涙が、一つ、二つ、彼女の細い指に落ちて散るのを、瀬月は見た。

ひびだらけの窓の隙間に、風音が鳴った。

バラック小屋の外には、人通りがない。盤を挟んだ二人だけを残して、世界中から人が消えたように、瀬月には思えた。

そして、雪歩が、自分と同じ切なさを胸に湛えているのを感じた。

お互いが、二人には数少ない、おそらくはもう将棋のために捨てなくてもいいものであることを喜びながら、それが永遠とは限らないと知っている。

互いにただ大切であるということが、こんなにも嬉しく、だからこそ寂しい。

だからこそ、大切でいる。

秋風は白く乾いた団地を吹き抜けて、アスファルトから野放図に伸びる下草を揺らした。その小さな音に、時折、小屋から響く駒の音が混じった。

二人のかわす声は、二人の鼓膜だけを震わせるくらいに、ひそやかに響く。

まるで、月だけが見下ろしている静かな夜のようだった。

小さな森で眠る鳥たち

朝来みゆか

「今朝はご気分もよさそうで、曾孫さんたちのことを話していらっしゃいましたよ」

看護師はそう言っていたが、人違いじゃないですかと思った。六人部屋の右奥で背を丸めた祖父は固くまぶたを閉じ、こちらの呼びかけにはまったく反応しない。布団のふくらみは一人分の身体が入っているとも思えないほど小さい。

「もうすぐ起きてくれるかもしれないから待ってよう」

「待てないよー。もう充分待ったでしょー。ねー、ママー」

しー、と美穂は口元に人差し指を当てた。退屈した穂乃果の気をまぎらわすものが何かないか、と視線を巡らせる。病棟に入るとき、手荷物はロッカーに預けた。大声を出せない、本もスマホもない。走り回るのは厳禁。この状況で元気盛りの小学生を引き留めるのは無理だ。せっかく電車とバスを乗り継いできたのだから、少し話せればと思ったのだけれど。

祖父は九十一歳。大きな声では言えないが、何があってもおかしくない。姿を見ただけでよしとするか。お見舞いに来た実績も作ったし、と親戚に対する計算も働き、帰る方へ気持ちが傾いたそのとき、黙っていた美知留(みちる)が口を開いた。

「さっきのところでテレビ見てくる」

「あ、談話スペースね。いいよ。……ほのちゃんも連れてってあげて」

妹の手を引き、美知留は出ていった。

淡い緑色の仕切りカーテンが揺れ、静けさが戻る。病室には他に見舞客もなく、患者たちがどうやって時間をつぶしているのか謎だ。もちろん病人の仕事は身体を回復させることだとわかっているけれど。そういえば産後に入院したとき、目を休ませなくてはいけないからとスマホ禁止を命じられたのはきつかった。

十分も経たないうちに、娘たちは戻ってきた。

「なんかね、先に見てる人がいて、つまんないチャンネルしか見せてくれないの」

「そりゃ、ここのテレビなんだから、入院している人が優先でしょう」

「ママも来てよ」

「えー、やだよ」

「テレビはもういい。買い物したいから帰る」

「お買い物？　ほのも行きたい。あ、糊がなくなったから買って。学校で使うの」

「はいはい。じゃ、行こうか」

娘たちに引っ張られる形で病室から出る。

その後、ショッピングモールを満喫した娘たちはすっかり上機嫌で、夕食作りから解放された美穂も晴れ晴れとした気分で帰宅した。

夜になり、クローゼットを漁っていた穂乃果が珍しいものを出してきた。パステルカラーの箱、シンプルな線で描かれた動物のイラスト。

「『どうぶつしょうぎ』？　久しぶりだね」

「ひいおじいちゃんとやりたかったなぁと思って。二年生のとき、やったでしょ」

「そうだったね」

前年の夏休み、書店で見かけ、美穂が買い与えたものだ。実家に二泊するときに持参したところ、美知留と穂乃果のしつこい「もう一回」に何度も応じてくれたのが祖父だった。

「お姉ちゃん、やろう」

「漫画読んでから」

「ほの、空がいいな」

「いいよ。準備してて」

「お母さんが相手してあげようか」

「ママはやだ」

「どうして」

「だってママ、ルールわかってないじゃん」

「そんなことないけどなー」

穂乃果は小さな将棋盤を開き、空のエリアと森のエリアにそれぞれ駒を置き始めた。『どうぶつしょうぎ』という名のとおり、駒に描かれているのは動物たちだ。子どもの手にも持ちやすい大きめの木製の駒に、ヒヨコ、ゾウ、キリン、ライオンがプリントされている。

王であるライオンを中心に、駒を行儀よく並べた穂乃果が美知留を呼んだ。

「お姉ちゃん、遅いよー。まだ？」

「……終わった」

漫画を脇に抱えた美知留の表情が、「お願いします」と頭を下げた途端に一変した。ままごとのような将棋盤だけれど、真剣な対局だ。

ヒヨコとゾウを前後にくっつけたままどんどん進めてゆく美知留に対し、穂乃果は逃げてばかりだ。端に逃げれば進める場所が少なくなるのに。

攻めに転じることができないまま、ほどなく空は制圧され、

「キャッチ！」

穂乃果のライオンはあっけなくつかまった。

「……負けました」

か細い声がいじましい。

「もう一回やる？」

「おしまいにする……」

「ひいおじいちゃんには勝てたのにねぇ」

美穂が言うと、美知留が駒を片づけながらつぶやいた。

「ひいおじいちゃんは取った駒を使わないから」

「え、そうなの？」

「うん。相手から取った駒も使っていいんだよって教えたけど、預かったなら大切に扱わないとなって……。将棋のルールわかってないっぽかった。あれなら、ほのでも勝てるでしょ」

「ほの、ずるしてないよ？」

「ずるしたとは言ってないよ。ひいおじいちゃんが手加減してくれたって言ってるの」

「そんなことないもん。ほのもひいおじいちゃんもちゃんとやってたもん」

穂乃果はぐずぐず文句を言っていたが、プリンを見せたら、すぐに笑顔に戻った。

九月を待たずして、祖父の逝去の報せが届いた。

お見舞いに行っておいてよかった、という身勝手な安堵がまず浮かび、ごめんねおじいちゃん、と心の中で謝る。祖母とあの世で再会できていることを願った。

コロナのコの字もまだ聞かなかった、二年前の夏のこと。

一周忌ができなかったから、三回忌はみんなで集まろう、という話になった。サイズアウトしていた美知留のフォーマル服を買いそろえ、香典用のお札を用意する。法事だというのに、娘たちは遠足前のようにわくわくしている。

菩提寺に着くと、オレンジ色の花を咲かせた蔓が建物の壁を伝って這い上っている。ノウゼンカズラだ。空は青くまぶしい。

「おお、美穂」

寺のサンダルを履いて出てきた父親を見て、老けたな、と思った。いずれ祖父に似てくるのだろうか。遺影は元気だった頃に撮ったもので、最後に病室で見た姿とは全然違う。

法要が済むと、タクシーに分乗して実家へ移動した。美穂が生まれ育った家だ。両親と、入院前には祖父が一緒に暮らしていた。それなりに大きな住居だが、親戚が集まると窮屈になる。娘たちが「おばあちゃんちの匂いだ」と口々に言った。

「みっちゃん、ほのちゃん、大きくなったねぇ」

「こっち来て、美穂ちゃんもスイカ食べな」

伯母たちに呼び寄せられ、座布団に腰を下ろす。美知留と穂乃果が手を伸ばし、しょりしょりと小気味いい音を立て始める。

「曾孫まで見られて幸せだったろう」

「まぁ、九十一は立派よ。大往生よ。男の人ではなかなかいないよ」

故人を惜しむために集まったものの、死を受け入れるには充分な時間が過ぎている。世界中がかつてない制限の中にあった二年間を経て、こうして再会できたことを喜び合う空気だ。

「これ、おじいちゃんの軍歴だって」

履歴書のコピーを持ってきたのは母だった。ワープロで作成された文書のコピーのそのまたコピーという感じで、文字がかすれている。

昭和十九年　八月十五日　特別操縦見習士官として宇都宮陸軍飛行学校に入校を命す

「え、おじいちゃん宇都宮行ってたんだ？」

「どんどん場所変わるよ。特攻するはずが、飛行機が足りなくて飛べなかったし」

見習士官として、年内に熊谷陸軍飛行学校に転属になった後、翌年二月には、所沢陸軍整備学校所沢教育隊に分遣。幹部候補生となった後も転属と分遣、編入が続き、満州、そして奉天へと移動。終戦を迎えたが、昭和二十年の十一月十六日、『カザフスタン第四十地区第八収容所に収容』となる。

「収容所……ソ連が攻めてきたんだっけ」

「そうそう、ここでの話がすごいの。わたしも一度聞いただけなんだけどね」

前置きし、母が話し始める。

拘束されていた地がどこか、本人はわかっていなかったらしい。ただソ連だとしか。

命じられた作業は過酷で、手を抜かなければ生きられなかった。朝と晩で仲間の人数が違う。言われたとおりの作業を真面目にこなしても、約束された食事をもらえず、多くの日本人が衰弱して死んでいった。与えられる食事は具のないスープばかりだったが、祖父はソ連の女性将校に気に入られ、多めにもらえることもあった。他に、スイカ泥棒をして飢えをしのいだ。要領よく振る舞わなければ生きられなかった。祖父には部下がいた。部下たちに、作業の手を抜き、見張りが来たときにだけ働いているふりをするよう教えた……。

「お義父さんはシベリアから帰ってきたんだって思ってたんだけど、よく考えると、スイカが生(な)るってことは、寒さの厳しいシベリアじゃなくて、かなり南の方だったんだろうね。後でわかったことだけど」

「スイカって木に生るの？」

美穂はスマートフォンで『スイカの育て方』を検索し、穂乃果に見せた。

「わー、地面に転がってる！」

「重いからね。回転させてまんべんなく日に当ててるんだって。あ、でも吊して育てる方法もあるみたい」


収容中も移動があった。祖父の意思とは関係ない転地だろう。終わりの見えない日々。仲間が倒れていく。生きた心地はしたのか。絶対に生き抜いて帰ると決意を新たにしていたのか。二年半が経過し、ようやく希望の光が見える。

昭和二十三年　五月七日　アルマータ第四十地区第五分所出発
五月三十一日　ナホトカ出発
六月二日　舞鶴（まいづる）上陸
同日　復員

退役当時の階級は陸軍曹長とあるが、別人の物語のように思える。祖父自身が、孫の美穂には語らなかったから。

「こんな大変な目に遭ったとは思えないほど、穏やかで優しかったよね」

「本当だね。人格者で、怒られたことなんてないよね」

しみじみと回顧する伯母たちを横目に、美穂は食べかけのスイカを皿に戻した。種のようには吐き出せない小さな記憶がある。

こんな風に親戚が大勢集まっている場面で祖父に怒られた。今の穂乃果と同じくらいの年だ。ばれないだろうと思って従妹の煎餅を食べ、知らんぷりを決め込んだところ、「美穂」と強く名前を呼ばれ、叱責された。嘘はいかん、とにらむ目の光を忘れられない。みんなの前で怒られ、猛烈に恥ずかしかった。伯母たちも居合わせたはずだけれど、忘れてしまったのだろうか。

「お義父さんが生き延びたから、みんなここにいるんだね」

「そうそう、美知留ちゃん、穂乃果ちゃん、憶えておきなさいよ」

大人たちが声をかけても、二人は曖昧に笑うだけだ。

戦争について殊更考えるよう娘たちに諭したことはない。

でも、血のつながった人が戦争に行き、その後も苦労したのだと聞けば、聞いた話の十のうち一つくらいは記憶に残り、深く考えるきっかけになるかもしれない。全く知らないのと一つ知っているのとは違う。

祖父は死に、もう何も語らない。伝えなければ埋もれてしまう。

「夏休みの自由研究、ひいおじいちゃんの話にしよう。とりあえず写メ」

美知留がスマートフォンをかざし、軍歴の写真を撮った。

「まだやってなかったの？　あれだけ言ったのに」

「大丈夫、わたし、やる気になったら早いから」

「どうだか」

「カザフスタンは今のロシアでしょ。あれ、ロシアって敵だっけ？　アメリカと戦争したんじゃなかった？　昭和二十年の八月が終戦だよね？」

「一度に尋ねられても困る。自分で調べなさい」

「ねえねえ」

穂乃果が美穂の袖を引いた。

「ほの、思うんだけど、どうしてひいおじいちゃん、取った駒、使わなかったのかなって」

「え、何？」

「敵に取られて、働かされたから？」

「どういうこと？」

「だからー、どうぶつしょうぎで、ひいおじいちゃんが……」

うまく説明できずにいる穂乃果に、母が微笑みかけた。

「ほのちゃん、どうぶつしょうぎする？　おばあちゃんね、大きいの買っといたよ」

「え、ほんとに？」

母が出してきたのは、『おおきな森のどうぶつしょうぎ』だった。四十枚の駒、盤は縦横に九マスずつ。本物の将棋と同じ形だ。

「ひいおじいちゃんの分も、おばあちゃんがやってあげる」

「やったー。あ、動物が増えてる！　猫もいる！　うさぎも！」

二人の対局が始まった。どちらも祖父のルールにならい、相手から奪った駒を盤上には戻さない。

空に連れていかれた森のヒヨコが、盤の外で休む。

森に連れていかれた空のヒヨコが、キリンが、盤の外で休む。

捕虜となった動物は戦場に駆り出されることなく、両軍の行方を見守っている。出番がなければやがて眠ってしまうだろう。

しわの寄った指がライオンをつまみ上げる。前に進む。美穂は、実際には見たことのない森を思う。細い指がゾウを逃がす。スイカの転がる砂地を思う。

とても静かな戦争だ。どちらが勝つのか、趨勢はまだわからない。

ふたりの歩

編乃肌

キンコーンカンコーン。

チャイムの音が鳴って、今日の学校は終わりだ。クラスメイトはさっさと帰り支度を始めている。

だけど僕は、さっきの授業で返ってきた算数のテストの答案用紙を前に、自分の席で岩みたいに固まっていた。百点満点中たったの十三点なんて、お母さんにどう見せたらいいんだろう。また怒られてしまう。

「ノロマな歩（あゆむ）！　黒板を消すのはお前がやれよ！」

頭を悩ませていたら、クラスのガキ大将であるタカシくんがそう叫んで、元気に教室を出て行った。いつの間にか残っているのは僕ひとりだ。

本来なら黒板を消す仕事は、日直のタカシくんが担当だけど……僕は答案用紙をぐちゃぐちゃにしてランドセルに突っ込むと、諦めて黒板に向かった。

——今年、小学校五年生になった僕の名前は、佐々木（ささき）歩。僕はこの下の名前が大嫌いだ。

名付けたのは将棋が趣味のじいちゃんで、『歩』の駒から取ったんだって。

『歩』のように、一歩ずつでも前に進めるようにって。

だけど一歩一歩なんてそれこそノロマだし、将棋はルールもよく知らないけど、『歩』って最弱の駒じゃないか。お父さん譲りで同い年の男子平均より体が小さく、運動も勉強も苦手なダメダメの僕には、ピッタリ過ぎて嫌になる。

じいちゃんのことは……優しいし、いつものんびり穏やかで、大好きだけど。名前は違う方がよかった。

昨日だって、それで酷いことをじいちゃんに言ってしまった。

昨日は算数ではなく国語のテストが返却されて、赤点のそれをおずおずと見せたら、お母さんにめちゃめちゃ怒られた。でもじいちゃんが、「歩は名前の通りに、焦らずやっていけばいいんだから」と庇ってくれた。縁側で将棋の駒の手入れを真剣にやっていたのに、僕のために中断してお母さんを諭してくれたんだ。

それなのに……心が打ちのめされていた僕は、じいちゃんの言葉にもすっごく惨めな気持ちになって、「どうせ僕は弱い駒だもん！　こんな名前なんて大嫌いだ！」なんて叫んでしまった。

……じいちゃんは、すごく傷ついた顔をしていた。あんな顔、させたいわけじゃなかったのに。

謝ろうにも気まずくて、二の足を踏んだまままずっとモヤモヤしている。

「あーあ……全部この名前のせいだ」

上まで手が届かない黒板を、背伸びして必死に消しながら、じいちゃんのあの顔も記憶から消せたらいいのにと思った。


チョークの粉で汚れた手をハンカチで拭き、僕もようやく教室を出る。廊下は窓から差し込む夕陽で真っ赤に染まっていた。

いつもなら足早に家へと帰っているところだけど……今日は帰りたくない。じいちゃんに謝る勇気がまだ持てそうになかった。自然と足は止まって、教室横の掲示板を眺めていた。

そして、一枚の新聞記事が目に留まる。

「田室さん……すごいなあ」

そこには隣のクラスの女の子が、とある小学生対象の将棋の全国大会で、見事に優勝したという内容が書かれていた。

田室歩さんと僕は、直接話したことなどは一切ない。ただ下の名前が同じだから、僕はいつもなんとなく存在を気にしている。『あゆむ』と『あゆみ』で読み方は違うけど……あと性格や能力も、まったく違うけど。

田室さんは明るくて可愛くて、みんなの人気者だ。運動神経も抜群で、昨年の運動会ではリレーで大活躍していた。将棋が強いってことは、きっと頭もいいんだろうな。じいちゃんが「将棋は頭を使うスポーツだ」って言っていたし。

「本当に、僕とは大違いだ……」

ランドセルに石でも詰め込まれたように、僕の肩はどんどん重くなっていく。

家にいても学校にいても、自分の小ささに対して、やるせない想いは変わらない。記事を見つめたまま、深々と溜め息を吐いたときだった。

「――君、将棋に興味あるの？」

後ろからいきなり声をかけられて、ビックリして振り返る。ショートカットの黒い髪が、僕の視界の中でふんわり揺れた。

そこにいたのは、まさかの田室さん本人だった。近くで見ると、大きな目がクリクリしていて本当に可愛らしく、ドキドキしてしまう。

「あ、佐々木くんか！　つい声かけちゃって、驚かせてごめんね」

「僕のこと知ってるの……？」

「もちろん、知ってるよ！　同じ名前だもん！」

快活に笑う田室さんは、夏に校門横の花壇に咲くヒマワリみたいだ。

「佐々木くんが将棋に興味あったなんて嬉しいなあ。ねえねえ、よかったらこの後は暇？　今日は公民館で『将棋教室』が開かれる日なの！　飛び入りでの見学も大歓迎だからさ、一緒に行こうよ！」

「えっ？　ま、待って、僕はたまたま記事を見ていただけで、将棋に興味とかは別に……！」

じいちゃんに「やってみるかい？」と聞かれたことは何度かあったけど、テレビゲームや漫画の方に夢中な僕はその度に断っていた。

それに『歩』の駒を前に、僕が楽しい気分で将棋なんてできるはずがない。

「大丈夫大丈夫、最初はみんな初心者だから！　ねっ？」

けれど、けっこう強引な性格らしい田室さんは、僕の答えを無視してグイグイと来る。ぎゅっと、彼女が僕の右手を両手で握った。突然のふれあいに胸が高鳴り、単純な僕は「じゃ、じゃあ、行ってみようかな」なんて誘いに乗ってしまった。

学校を出て、徒歩五分ほどの公民館へと向かう。初めて入ったけど、クリーム色の丸い建物の中はけっこう広い。

受付の横にはホワイトボードがあって、『子ども将棋教室　二階・研究室』とだけ書かれていた。ボードの横を通り過ぎて、階段で二階へと上がる。

研究室とプレートの貼られたドアを、田室さんが勢いよく開けた。中は開始前だからか誰もいない。講師の人もたまたま席を外しているようで、本当に今入ってきた僕たちだけだ。

長机が六つ、ひとつの机を挟むようにパイプ椅子が二脚ずつ向かい合わせで置かれ、机の上には将棋の盤がある。盤自体は、じいちゃんのもので僕も見慣れている。

「この教室ね、もとは私のお父さんが立ち上げたの。今はお父さんのお弟子さんが講師をやっていてさ。お父さんは田室六段ってプロ棋士なんだけど、知ってる?」

「……ごめん、知らない」

でもプロっていうくらいだし、すごい人であることはわかった。じいちゃんなら知っているかも。

田室さんに促されるまま、僕は適当な椅子に座る。田室さんも向かいに腰を下ろした。

「私もいつか、プロになるのが夢なの。『奨励会(しょうれいかい)』の入会試験も受けるつもり」

「しょうれいかい……?」

「将棋のプロになるための会。そこに入るのも難しいけど、入ってからプロになるのもまた難しいの。四段からがプロなんだけどね、三段リーグって厳しい戦いを勝ち抜かなきゃいけない。奨励会には年齢制限もあるから、決められた年齢までに四段にならないと退会させられちゃう」

僕は「へ、へえ」と、相槌を打つので精一杯だった。話の半分くらいしか理解できなかったけど、将棋のプロへの道は、とにかくとっても大変みたいだ。

それに挑もうとしている田室さんは、可愛いのに純粋にカッコイイと思う。

「それで、佐々木くんはどのくらいルール知ってるの？」

彼女は夢を語る真剣な顔つきから一転、朗らかに問いかけてくる。僕はつい咄嗟に見栄を張ってしまう。

「い、一応、いろんな駒を使って、相手の駒を取っていく勝負……ってことは知っているけど。じいちゃんがやっているし」

「なるほど、そこは基本だよね。じゃあその、ひとつひとつの駒の役割とかは？」

「……歩が一番弱いってことくらいなら」

ボソボソと答えた僕に対し、田室さんは「オッケー！　じゃあ駒の役割だけでも今日は覚えて帰ってね！」と言って、盤の上にその駒たちを並べた。

ひとつずつ手に取って、各駒がどのマス目を自由に動けるか、実際に動かしながら教えてくれる。

「まずは『玉』、取られると負けになる超重要な駒ね。次は『金』、攻守に強くて敵玉を仕留めることも多い駒だよ。『銀』は攻めの要の切り込み隊長！『飛』は縦横、『角』は斜めに貫く！『香』は直線の槍って感じで、『桂』は他の駒を飛び越せるちょっと特殊な駒！」

田室さんの手によって生き生きと動く駒たちに、僕も乗せられて前のめりになる。『玉』は当たり前だけど、『金』や『飛』なんかも強そうでいいな。ちょっと将棋に興味が湧いてくる。田室さんの教え方が上手いからだ。

だけど最後の『歩』の駒について、田室さんが「これはね……」と説明しようとしたところで、僕は待ったをかけた。

「それの説明はいいよ。僕の下の名前って、じいちゃんが『歩』の駒からつけたんだけどさ。さっきも僕が言ったように、一番弱い駒でしょ。一歩ずつしか前に進めない、最弱の……まさに僕みたいな」

自分で思っていたよりも、暗くて卑屈な声が出た。またじいちゃんの傷ついた顔が頭を掠めて、『歩』を見るのもやっぱり嫌で、盤上から視線を逸らす。

僕は、僕の名前が大嫌いだ。

だけど一番嫌いなのは……弱くて情けない、僕自身だ。

「……佐々木くん。『歩』はね、君の思うような弱い駒じゃないよ。佐々木くんはまだ知らないだけ。ねえ、見ていて」

自己嫌悪に陥る僕に、田室さんが優しく語りかける。促されるままに渋々視線を戻せば、彼女が一歩一歩、『歩』の駒を前へと進めていく。

「確かに最初は、『歩』は弱く見えるかもしれない……けど」

そしてクルリと、『歩』の駒をひっくり返す。すると出てきたのは『と』の文字だ。これはなんだろうと首を傾げる僕に、田室さんは「これは『と金』っていうのよ」と、にんまり笑う。

「『歩』の駒は敵陣に入れば『と金』と成って、金と同じ力を持つの。しかもたとえ相手に取られても、強い駒だと味方から強敵になっちゃうけど、『と金』は『歩』に戻るからそのリスクもない。『歩』はね、すごい可能性を秘めた駒なんだよ」

「可能性……」

「私の名前の歩も、佐々木くんと同じ。お父さんが『歩』の駒からつけたんだけどね、このことを知って大好きになっちゃった。だから佐々木くん……歩くんも、これからいくらでもすごい人になれるって、可能性があるってことだよ。おじいさんは、その想いも込めてつけたんじゃないかな？」

この名前に……そんな意味もあったなんて。

田室さんの言葉を脳内でなぞりながら、じいちゃんが僕の名前を呼ぶ時を思い出す。いつも大切そうに、『歩』と名前を呼んでくれるじいちゃん。そんなじいちゃんの想いに、僕は今ようやく気が付いた。

今はなんにもできない弱い僕にも、強くなれる可能性があるんだろうか。僕もいつか、『と金』になれるのだろうか。

「なりたいな……僕も『と金』に」

「なれるよ、きっと」

無意識に口をついて出た望みを、田室さんは……歩ちゃんはいとも簡単に肯定してくれた。なんだか泣きそうだ。男の子なのに女の子の前で泣くなんて、みっともないかな。

潤んできた目から雫が落ちないように、ぎゅっと眉間に力を入れる。

「ここの将棋教室さ、今日みたいに毎週水曜日にやっているから。歩くんが通ってくれるなら、私はとっても嬉しいな。それでそのうち、同じ『歩』同士で一局指そうよ！」

「え……それは……だいぶ先になりそうだけど……」

「もちろん平手ではやらないから！　十枚落ちでいいから！」

意味のわからない単語だらけで、僕はまだ歩ちゃんについていけそうにない。だけど真面目に将棋をやってみたくて、胸がこの先の期待に満ちていた。

……今なら、ちゃんとじいちゃんに謝れる気がする。

「ただいま！　じいちゃんいる⁉」

歩ちゃんと別れて帰宅した僕は、真っ先にじいちゃんの元へと走っていった。縁側でまたもや駒の手入れをしていたじいちゃんは、ビックリして顔を上げる。

「どうしたんだい、そんなに慌てて……」

「じいちゃん、昨日は僕の名前のことで、酷いこと言ってごめん。僕わかったんだ、『歩』の本当の意味……必ず立派な『と金』になってみせるから！　素敵な名前をくれてありがとう！」

勢いのまま謝ってお礼も伝えると、じいちゃんは目を真ん丸にしたあとで「歩なら、『と金』でも『王』にでもなれるなあ」と笑ってくれた。

そのくしゃっとした笑顔を見たら、田室さんの時は耐えていた涙がもう我慢できなかった。僕はじいちゃんに縋(すが)りついて、わんわん泣いた。そして僕が将棋のルールを覚えたら、じいちゃんとも対局することを約束した。

僕は歩。だけどもう、僕は自分の名前が……嫌いじゃない。

一番強い龍になる

猫屋ちゃき

学校から帰ってきて自分の部屋で、ピカピカの将棋盤を前にして、ぼくは途方に暮れていた。

箱から取り出して折りたたみ式の盤を広げたまではいいものの、そこから手がピタリと止まってしまった。縦横に九マスずつ、合計八十一マスで構成された、かっちりとした姿はやっぱり馴染めない。

これがボードゲームなら、箱から取り出して広げたときにすぐワクワクするのに。何をするゲームなのか、これからどんなことがあるのか、考えただけで楽しくなるのに。

将棋盤はそっけなくて、正直言って地味だ。パッと見では何をするゲームなのかわからなくて、これまでやりたいと思ったことがなかった。実際、じいちゃんから送られてきてから一度も、まともに箱から出したこともなかったのだから。

でも、楽しそうじゃないなと思って、やりたい気分にならなかったのだ。

でも、そうも言っていられなくなった。だから、仕舞い込んでいた押し入れから引っ張り出してきた。

さっきじいちゃんが入院するっていう連絡が来たから。入院して、わりと大きな手術をするらしい。

それを聞いたとき、ぼくはすごく怖くなった。じいちゃんにもしものことがあったら……って。

そしたら、もらったままになってる将棋盤のことが気になって仕方なくなったのだ。

かといって、すぐに興味を持てるようになるわけないし、いざやろうと思っても、ルールすら覚えられそうにないのだけれど。

でも、会いに行くといつも一緒にじいちゃんは遊んでくれるのに、そのじいちゃんがやりたがってるものには興味を示さないなんて、フェアじゃないと思った。

だからぼくは、なるべくすぐに将棋をマスターして、じいちゃんと対戦したいんだ。

「龍司（りゅうじ）と一緒に遊ぼうと思って、ゲーム送ったからな」

ある日そんな電話があって、ワクワクして待っていたら送られてきたのが、この将棋盤だった。

それを見てぼくは、がっかりしたなんてものではない。じいちゃんに何か異変があったんじゃないかと思ったくらいだ。

というのも、じいちゃんはいつもぼくの好きなゲームで遊んでくれるから。モンスターを集めて育ててバトルするゲームや、電車に乗ってサイコロの出た目の数だけ進みながら物件を買って資産を増やして目的地を目指すゲーム、人気ゲームのキャラクターたちが勢揃いした格闘ゲームなど、いろんなゲームをこれまでじいちゃんとしてきた。

ぼくもじいちゃんもあまりおしゃべりが上手じゃない。でも、じいちゃんの家に遊びに行くと「ゲームしよう」の一言で通じ合えるし、ゲームのことで話題ができる。

ネットをつなげば離れていても通信して遊べるから、通信できるソフトを新しく買ってもらったときは毎日一緒に遊ぶこともある。

お母さんもお父さんも、じいちゃんがぼくのために合わせてくれてるんだよっていうし、それはぼくもわかっている。じいちゃんはゲームが好きというよりも、孫のぼくとコミュニケーションをとるためにやってくれてるんだって。

それでも、じいちゃんはいつでもぼくが好きそうなゲームを見つけてきてくれるし、ゲームのおかげでぼくらは仲良しの祖父と孫だと思っていた。

だから、連絡を受けて荷物が届くまでの間、今度はどんなゲームソフトなのかなって楽しみにしていた。

それだけに、届いたのが将棋盤だったのが衝撃で、そのときうまく電話でお礼が言えたのか覚えていない。とりあえず「ルールとか勉強してみるね」と言ったような気がする。

それ以来、何となく罪悪感があって、あまり通信でゲームをしなくなっていたときにさっきの入院の連絡を受けたから、今すごく心がモヤモヤしてしまっているのだ。

「……お父さん、将棋ってできる？」

将棋をできるようになろうと決意した日から少し経ったある日の夕食のあと、お父さんにそう声をかけた。

本当はちゃんと自分ひとりでルールを覚えて、駒の動きも覚えて、やれるようになりたかった。ゲームの上達を目指すときにうまい人の攻略動画を見るみたいに、将棋も何かしらの手がかりがあればできるようになるんじゃないかと思ったのだ。

でも、そんなの甘い考えだったとすぐにわかった。

将棋は、動きを頭に入れるだけでは意味がない。動画を見るだけでも意味がない。それに何より、楽しくなかった。

だからぼくは早々に挫折しそうになって、お父さんを頼ることにした。

「それもしかして、じいちゃんにもらったままになってた将棋盤か？」

リビングでくつろいでいるお父さんのところに将棋盤を持っていくと、神妙な顔をして言われた。手には缶ビールが握られていたから声をかけるタイミングを間違ったかと思ったけれど、ひどく酔ってはいないみたいだ。

「うん。じいちゃんにもらったままになってるのを思い出して、それで……」

「なるほど、そういうことか。それなら、お相手しよう。でもお父さん、全然強くないからね」

ぼくが真剣なのがわかったのか、お父さんはビールを置いて将棋盤に向き合ってくれた。二人で慣れない手つきで駒を並べていく。

歩を並べ、角と飛を並べ、玉を金、銀、桂、香ではさむように並べていく。ぼくはようやく何も見ずに並べられるようになったけど、お父さんはそんなぼくの手元を見ながら並べている。その時点でこれは怪しいと思っていたのだけれど、対局が始まると怪しいどころではなくなった。

「お父さん、香は横には動けないよ」

「桂はそこには動かせない」

「えっと……それ、なんだっけ。歩は同じ筋に二個置けないんだよ」

ぼくは、お父さんのミスをひとつひとつ指摘した。だって駒を間違った動かし方をしたら、まともに対局ができないから。でも、はじめは笑っていたお父さんも何度かミスするうちに、すっかりしょんぼりしてしまった。

「……ごめんな。お父さん、あまり役に立てそうにないな」

「そ、そんなことないよ」

「サッカーや野球のルールは覚えられるんだけど、やっぱり将棋は難しいんだよな。お義父さんにも、がっかりされたんだよ」

「……そっかあ」

本格的にしょんぼりしてしまったお父さんに、何と言葉をかけてあげたらいいかわからなかった。お父さんが不真面目なわけでもやる気がないわけでもないのはわかる。たぶんこれは、向き不向きの問題だ。ぼくが誰かに丁寧にコツを教わったところでリフティングが上手にならないのと一緒で、将棋のルールがスッと頭と体に入らない人もいるのだろう。

「でもじいちゃん、怒ったわけじゃないでしょ?」

「うん、怒ったりはしない。でも、自分には娘しかいなくて、息子と将棋をやってみたかったって言われたらさ……その期待には応えたかったんだよな」

お父さんがしょんぼりしている理由がわかって、ぼくも何だか胸にずしりと来るものがあった。

香おばちゃんのだんなさんもたぶん将棋は得意そうじゃないし、歩美おばちゃんはまだ結婚していない。ということは、じいちゃんは義理の息子——婿と将棋をしたいという夢を叶えられていないはずだ。

それなら、ぼくが頑張るしかない。

「ぼくがじいちゃんと将棋をする！」

決意を込めて言うと、お父さんが力強く頷いた。

「子供でもわかるっていう将棋の解説書を今、ネットで注文したからな。あと、タブレットに詰将棋のアプリを落としておいたから。駒の動きを覚えるには、まず詰将棋がいいらしい」

そう言ってお父さんは、タブレットを渡してきた。どうやら力にはなれないけど、応援してくれるということのようだ。

それからぼくは、可愛らしいウサギのキャラクターの解説書を片手に、将棋のトレーニングを始めた。

まずは一番基礎とされている一手詰めと呼ばれる練習からだ。一手指すことで相手の玉を詰みの状態にするにはどうしたらいいか考える練習方法だ。はじめのうちはわからなくても、繰り返すうちに最適の手を考えられるようになる。慣れてきたらそれを三手詰めと段階を上げていき、五手詰めまで難なくできるようになった頃には、初心者向けの将棋アプリのＡＩに勝てるようにもなってきた。そしたら、少しずつ将棋が楽しいと感じるようにもなっていた。

そうしているうちに日々は過ぎ、ついにじいちゃんの入院の前日になってしまった。

お母さんに促されて、ぼくはじいちゃんに電話をかけた。失敗するような手術じゃないよとは聞かされていたけれど、それでもやっぱり怖くて、電話するまで不安で仕方がなかった。

でも、電話に出たじいちゃんの声は、いつもと変わらないものだった。

『どうした、龍司』

「じいちゃん、何日かしたら手術だっていうから」

『そうか。ちょっと切って縫われるだけだ。なにも心配いらんよ』

「そっか……でも、頑張って」

こういうとき、もっと上手に言葉が出てきたらいいのになって思う。せっかく電話をかけたのに、それ以上自分からは何も言えなかった。

『まあ、正直言って手術は怖いけど、じいちゃんは龍司と一緒で強い名前を持ってるから大丈夫。将史（まさし）の〝将〟は〝王将〟の〝将〟だからな』

ぼくが何も言えずにいると、じいちゃんはそんな話を始めた。

『それで、子供が生まれたら同じように強い名前をつけてやろうと思って、龍司のお母さんには〝桂子（けいこ）〟、その下は〝香〟、末っ子には〝歩美〟ってつけたんだ』

「あ……〝桂馬〟〝香車〟〝歩〟で、全部将棋の駒だ」

『龍司の名前もそうなんだぞ。飛車が成ると〝龍王〟になる。そして〝龍〟は成った駒の中で一番強いんだ』

「一番強い……」

名前をつけてくれたのがじいちゃんなのは知っていたけど、そんな意味があるだなんて知らなかった。というより、将棋を始めたのに気づいていなかった。きっとそれはじいちゃんからの、どんなものよりも素敵な贈り物だったのに。

「じいちゃん、今度将棋しようね。今、練習してるんだ」

胸がいっぱいになって、ぼくはそれを言うのがやっとだった。でも、それだけで十分だったらしい。「うん」と言ったじいちゃんの声は、すごく嬉しそうだった。

それから何日か経って、手術が終わってじいちゃんの体調が落ち着いた頃。

ぼくはお父さんとお母さんと一緒にじいちゃんが入院する病院に行った。少し重たいけど、リュックには将棋盤と駒のセットを入れていった。

歩くたびに駒と駒が箱の中で動いてぶつかって、カチャカチャと音を立てた。すれ違う人たちは音の正体がわからないから、不思議そうな顔をしていた。

でも、じいちゃんは病室に入るとすぐに、音が何なのか気づいてくれた。

「龍司、将棋盤持ってきたのか」

「うん。……じいちゃん、できる？」

将棋盤を持ってきたことに気づいてくれたのは嬉しかった。でも、ベッドの上に体を起こしているじいちゃんの姿を見たら、何だか不安になってきた。

病院着を身に着けたじいちゃんの姿は、前に会ったときよりも小さくなっていた。体にできた悪いものを取り除く手術をしたからもう大丈夫だって聞かされていたけれど、その姿を見たら本当は大丈夫じゃないのかもしれないと思えてくる。そのくらい、以前のじいちゃんと比べると弱々しく見えた。

「じいちゃん、もう長い時間は将棋で遊べん。体力がなくなってしまってな」

ぼくの質問に、じいちゃんは何だか恥ずかしそうに言った。でも、手招きしてぼくを近くに呼び寄せる。

ぼくは呼ばれるままベッドのそばまで行って、リュックから将棋盤と駒を取り出した。

「じゃあ、一回だけ」

「なら、どっちが先に指すか決めような。歩を五枚取って、空中に投げるんだ。落ちてきた歩の表と裏、どっちが多いかで先手が決まる」

そう言って、じいちゃんは五枚の歩を投げた。これは振り駒という正式な決め方らしい。

「表が三枚ということは、じいちゃんが先手だな。このとき裏が多かったら、龍司が先手だった。よし、並べるか」

先手後手が決まるとじいちゃんは、手際よく駒を並べていく。ぼくはそれには負けるけど、だいぶ素早く並べられるようになってきた。

「よろしくお願いします」

並べ終わると、ぼくとおじいちゃんはそう言って頭を下げあった。それが、将棋を指すときのマナーだから。

パチン、パチンと、お互いが駒を動かす音だけが病室に響いていた。お父さんもお母さんもいるけど、静かにしてくれている。これはじいちゃんとぼくの真剣勝負だから。

ぼくはじいちゃんの駒の動きをよく見て、次は何をしてくるのか、何が目的でこの動きをしたのかと、先を読むつもりで挑んでいった。途中までは、それで目論見を潰せていた。

でも、守ることに必死になるあまりぼくは攻め入ることができず、手駒が少なくなってきたあたりで旗色が悪くなり、あっという間に詰まされてしまった。

「……参りました」

それは、アプリのＡＩを相手にするのとは比べ物にならないくらいのスピードだった。対局が長引いてじいちゃんの体力が消耗したらどうしようというのは、まったくの杞憂だったわけだ。

「長い時間は遊べんから、手加減してやれんぞ。強くなれ」

素直に負けを認めたぼくに、じいちゃんはニヤリとして言った。そのときの姿に、弱々しさなんてものは少しも感じなかった。

そんなじいちゃんを見て嬉しい気持ちとは別に、悔しいという思いがむくむく湧いてきた。そして、絶対に勝ちたい、いつか勝つんだという気持ちが。

はじめは好きになれそうになかったけど、わかってくると将棋は楽しい。でも、楽しいだけじゃない。

この気持ちをぼくに教えたくて、もしかしたらじいちゃんは将棋をさせたかったのかもしれない。

「いつかじいちゃんに勝つ！　一番強い龍になる」

この名前をつけてくれたじいちゃんの思いに応えたくて、ぼくはそう宣言した。

天地自然

井上尚樹

僕の勤務する大学病院精神科の医局で、タイトル獲得最年少記録誕生に沸く世間の影響から将棋ブームが起こった。医師によって将棋の棋力は様々だったが、アマ二段の僕は同じ段位の真下先輩を秘かにライバル視していた。

何となく付いた医局番付の最上位争いの決着をつけるべく、昼休憩も取れずに続いた外来診療がやっと終わった夕方、先輩に一局お願いした。

お互いに「将棋の純文学」と呼ばれる矢倉戦法を戦いに採用し、序盤はゆったりとした駒組で自陣の守りを固めあった。そして相矢倉から、いよいよ相手陣に向かって攻撃を仕掛けようという中盤戦の入り口で、「近々結婚するんだ」と先輩から突然の結婚報告を受けた。僕はそれが相手の動揺を誘う盤外戦術だとばかり思って、あまり本気にしなかった。

「おめでとうございます。ちなみにお相手は誰なんですか？」

盤上から視線を外さず、抑揚のない声で答えた。

「嘘だと思うだろうけど、将棋の黒川女流五段」

「はぁ？」

今まさに二人が勝負している将棋というボードゲームで、過去に「女王」や「女流名人」をはじめとしたタイトルを何期も獲ったことのある本物のプロの名前が出て、思わず生意気な口調になってしまった。

先輩は僕の反応を楽しむかのように、そうだよね、はぁ？だよね、と口調を真似しながら軽妙な一手を指し、桂馬で銀を取って駒得した。

「もし本当だとしたら、一体どうやって知り合えたんですか？　毎週テレビのクイズ番組に出てるような美人女流棋士に」

「将棋連盟宛にファンレターを書いて、お返事をもらったんだよ」

「はぁ？」

とりあえず同角と桂馬を取ったものの、僕は訳がわからなくなって悪手を重ね、中盤の形勢不利を理由にあっさり投了して先輩に説明を懇願した。

先輩は「対局中にごめんね」と言いながら、僕の狼狽ぶりが嬉しくて仕方がない様子だった。そして黒川女流との交際の経緯や、将棋連盟のホームページで間もなく入籍発表があることを丁寧に説明してくれた。

「本当におめでとうございます。むしろ僕なんかでいいんですか？」

結婚式への招待と共に、披露宴での受付を信頼している後輩だからと依頼され、対局に負けた後なのに楽しくなってきた。

「もちろんだよ。正式な招待状は後で送るから。丹羽（にわ）名人をはじめ現タイトルホルダーの皆様には全員ご出席頂けるし、クイズ番組のタレントさん達も沢山お呼びしているから、華やかな式になると思うよ」

「ちょっと待って下さい。先輩凄すぎませんか？」

僕はもう笑うしかなかった。

「ありがとうございます。新郎側受付をお引き受け頂いてご面倒をお掛け致しますが、当日は何卒よろしくお願い申し上げます」

先輩は急にかしこまり、幸せそうな笑顔で言った。そして背筋を伸ばし、まるで自分が投了したかのように深々と頭を下げた。

その日の夜、僕は職場で起こった将棋界の小さなスクープを父にこっそり報告するため、四国の実家へ電話をした。幼い頃に将棋を教えてくれたのは父だった。振り飛車党の軽い棋風で、棋力はアマ四段だった。

「それはすごい」

父は感嘆した様子だった。先輩とは大学の医学サッカー部の頃から仲が良く、夏休みに実家へ遊びに来てもらったこともあった。先輩と父と僕の三人で近くの金毘羅山（こんぴらさん）に登り、麓の温泉で湯に浸かった。その後はキンキンに冷えたビールと地元の美味い冷酒を飲みながら、一緒に将棋を何局も指して深夜まで盛り上がった楽しい思い出があった。

「沢山のファンレターの中からよく真下君を選んだな。将棋に理解ある温厚な精神科医を選んだのは、黒川さんの最善手だろうな」

「僕もそう思う」

「おまえもいい歳だし、真下君を見習って身を固めてくれたら安心なんだけど。仕事に夢中で若さを失ってから後悔しても、覆水盆に返らずだから」

諭すようでいて、諦めたような口調だった。僕はスマホを耳に当てたまま、上手く返事が出来なかった。

父は二年ほど前から時々胃痛があり、僕や母が何度も検査を勧めたものの、仕事を優先して病院へなかなか行かなかった。その後症状は悪化し、やっと病院で検査を受けた頃には、末期の胃癌で治療が既に困難だった。

最近は腹水という、お腹に体液が異常に溜まってしまう症状が出ていた。肺が圧迫され呼吸の苦しさから日常動作がしにくくなり、病院を受診して蛙のようにに膨らでしまったお腹から腹水を抜いた。

「これが本当の覆水（腹水）盆に返らずだな」

病院で臥床（がしょう）した父は呻（うめ）くように呟き、早く胃の検査を受けなかったことを後悔している様子だったと、後に電話で涙声の母から教えてもらった。

「もし先輩の結婚式で棋士の先生方にお願いをして、色紙に何か言葉を書いてもらえるなら誰のが欲しい？」

父に辛い闘病を思い出させたくなくて、話の流れを強引に変えた。

「やっぱり丹羽名人かな。長年ファンだし、将棋の神様みたいな方だから。アマチュア将棋の身からすると、まさに雲上人（うんじょうびと）だよ」

大好きな天才棋士の話になって、父の声に少し張りが出たようだった。

「黒川女流はどうなの？」

「もちろん好きだよ。和服姿が綺麗だし、棋士の先生方が対局を解説される際の聞き手役も上手いし。クイズ番組は見てないけど。でもまあ色紙は無理しないで。さっきの結婚の話、あれは口が滑っただけだから忘れてくれ」

ちょっと疲れたから横になりたいと父が言い、僕がごめんねと話している途中で電話は切れた。

父との電話の数日後、僕は先輩に結婚式で丹羽名人と黒川女流に色紙をもらえないか相談した。先輩には父の病状について前々から話をしていた。

驚いたことにわずか十日後、和紙の封に入った二枚の色紙が僕の医局の机に置かれていた。一枚は黒川女流による『慧眼』で、もう一枚は丹羽名人の筆で『天地自然』と揮毫（きごう）されていた。色紙にはどちらも父の名前が為書きの形で入っていた。

僕は嬉しくていても立ってもいられず、午後は外勤で医局ＯＢのメンタルクリニックでサポート診療をしている先輩に急いで連絡を取った。診察の合間にオンライン診療のカンファレンス機能を使い、恐縮してお礼を伝えた。

先輩はＰＣの画面越しに、いやいや、と手を振った。優しい笑顔は結婚報告を受けたあの対局の時のようだった。父の喜ぶ顔が目に浮かび、目頭が熱くなった。

「妻が囲碁将棋チャンネルの収録で、丹羽名人と一緒になった時にお願いしてくれたんだよ。結婚式当日は各々余裕がないだろうからって。それにしても丹羽名人の『天地自然』の言葉の選択は、今のお父さんにぴったりだよね。妻の『慧眼』だと、まるで相手の投了や人生の終盤まですべて読み切っていますみたいな感じでなんか怖いし。かと言って『戦いは最後の五分間にある』とかいつもの揮毫をされても、末期の癌患者さん相手に治療中断とか緩和ケアを許してもらえないような雰囲気だし」

「でもこれはあくまで将棋の話ですから。『慧眼』は良い言葉ですし、『戦いは最後の五分間にある』の意味も、諦めなければ逆転の可能性があり、もし勝っていても最終局面こそ油断は禁物という戒めで、どんな戦いや生き方も最後が一番大切という、奥様の深いお考えだと思います」

「さすが先生は良いこと言うね！　それを聞いたら妻もきっと喜ぶよ」

「こちらこそ父が色紙を喜びます」

「お父さんの病状が持ち直したら、いつかまた三人で将棋を指したいよね。僕もあの時より少し強くなったから、居飛車穴熊でしっかり囲って、お父さんに本気で勝ちに行きたいよ。もしくは急戦を仕掛ける手もあるけど、狙いが外れると序盤からお父さんの反撃にあって難しいかな？　お父さんは振り飛車が基本だから、こちらも飛車を振って相振り飛車の形にして、お互いにどんどん攻めていく方がまだ勝機があるかなぁ」

先輩は僕に色紙への過剰な恐縮をさせたくないかのように、父との仮想対局の戦法の話ばかりした。そして最後に「懐かしいお父さんにどうぞよろしく」と言って、カンファレンス画面を終了させた。

先輩から色紙をもらった翌週の土日休みに帰省をした。父と直接会うのは久しぶりだった。癌による腹水で、またお腹が膨らんでいた。反比例するかのように、顔と手足は以前よりもだいぶ痩せていた。

以前と変わらない父の柔和な笑みの皺に、影のような死相が見えた。見たくなくても見えてしまう医師という職業の業は、黒川女流が色紙に揮毫してくれた悲しい『慧眼』だった。

親子の情から希望的観測で長く持てば後三ヶ月、しかし一ヶ月以内に容態急変の可能性もあり得ると秘かに診断を下した。

在宅ベッド上の父に、丹羽名人と黒川女流のそれぞれの色紙を手渡すと、父は二枚の色紙に書かれた言葉と自分の名前をじっと見比べていた。そしてすすり泣きを始めたかと思うと、徐々に声が大きくなって、最後は崖に追い詰められて己の死期を悟った動物の咆哮のようになった。

「父さん、一旦落ち着こう。大丈夫だから」

父の背中を優しくさする以外、息子としても医師としても何もしてあげられなかった。母も加わった慰めで父はようやく落ち着いたが、突然号泣してしまったことで呼吸が更に苦しそうだった。

実家での短い滞在中、以前電話で話した時のような深い話はほとんど出来ず、後ろ髪を引かれる思いで東京へ戻った。

父と別れて四日後の雨の夜、僕は大学病院で当直をしていた。

深夜の病棟でうつ病のために気分が落ち込み、死んで楽になりたいと訴える患者さんの話を、あえて反論せずにじっくりと聞いた。

安楽死のような願望を聞きながら、早く死にたがっているこの患者さんの命と、一日でも長く生きたがっている父の命の交換が出来れば、お互いの願いが叶って皆幸せなのにと、医療倫理に反することをつい思ってしまった。そして将棋の飛車角交換のようにはいかないよなと、患者さんに気付かれないように心の中でそっと反省した。

その後も患者さんの語りを傾聴し、睡眠作用もある抗不安薬を臨時処方して入眠して頂いた。カルテ記載を終えてやっと当直室に戻ったところ、母からの無数の着信履歴がスマホに残っていた。

父が亡くなったことが直感的にわかった僕は、当直室の壊れかけた椅子に慎重に腰掛けた。そして結婚報告の時に先輩が深く頭を下げた姿を思い出しながら、スマホに向かって一度背筋を伸ばし、雨音の中で頭を下げて静かに合掌した。精神科医として慌てずに時間を掛けて気持ちを整理し、動悸がやや落ち着いたところで覚悟を決め、母に折り返しの電話をした。

今しがた父が亡くなったと泣きじゃくる母を必死になだめながら、僕自身も悲しいはずなのに涙は一滴も出なかった。それどころか大学病院の当直中で絶対に動けない時に急死した父の間の悪さと、四日前に帰省したばかりの四国へまたとんぼ返りしなければならない慌ただしさに苛立ってしまった。父が亡くなったばかりだというのに、身勝手なことばかり考えている自分に寒々とした気持ちになって、湿った当直室で身震いした。

ささやかな家族葬は小さなセレモニー会場で行われた。幼い頃に父とよく指した将棋の盤駒を棺の中央に、二枚の色紙を病んで小さくなってしまった父の肩の辺りに納め、茶毘（だび）に付した。

母は父の容態が急変して亡くなった日よりもずっと落ち着き、僕が色紙を渡して慌ただしく東京に戻ってしまった後の数日間、父が色紙を眺めて嬉しそうにしていた様子を話してくれた。

亡くなる日の夕方、何か言いたげな父の口元に母が耳を近づけると、丹羽名人の『天地自然』の言葉が今の自分にはしっくりくると、弱々しいけれどもはっきりとした声で述べたと母は語った。心の中で悲しみを痛いほど感じているのに、その話を聞いても泣けなかった。

急いで駆け付けた時は羽田（はねだ）から高松（たかまつ）空港まで飛行機で移動したが、帰りは電車で瀬戸大橋（せとおおはし）を渡って、岡山から新幹線で東京へ帰ることにした。実家から最寄りの琴平（ことひら）駅で電車を待っている間、大学病院で僕の代わりに病棟の受け持ちの患者さんを診察してくれている先輩にお礼の電話をした。

「大変だったね。もう少し実家でゆっくりしてくれれば良いのに」

先輩は労わるように言った。後ろで何かの病院アナウンス音が聞こえた。

「お気遣いありがとうございます。でも今から東京に帰ります」

「色紙は間に合ったのかな?」

「亡くなる数日前ですけど渡せました。本当にありがとうございました。先輩の読み通り、父は『天地自然』を特に気に入っていたようです」

「よかったぁ。お世話になったお父さんに喜んでもらえて。一緒に温泉入って、ビールや冷酒を飲みながら将棋を指して、あの時は最高に楽しかったから。学生時代の懐かしい夏の思い出だよ」

将棋が大好きないいお父さんだったよねと言いながら、先輩は電話口で少し泣いていた。待っていた電車の到着が迫り、重ねてお礼を伝え電話を切った。先輩は父を偲んで泣いてくれたのに、僕はどうしても泣けなかった。

岡山行きの電車に乗車すると、昔から変わらない車両内の長閑な雰囲気に癒された。電車に揺られていると眠たくなり、葬式が無事に終わるまで無意識に張りつめていた緊張が解けていくようだった。まどろみの中で様々な想いが、真冬の流れ星のように次々と浮かんでは消えた。

父は死んでしまった。

医師として沢山の死やご遺族を今まで見てきた。

こんなに泣けないものなのか。

病院の霊安室では泣いているご遺族が多かった気がする。

父が亡くなる前に結婚してあげられなかった。

人気女流棋士と結婚した先輩が羨ましい。

父は死んでしまった。

その時突然重い轟音が響いた。列車が陸地を走り終え、海上の瀬戸大橋に乗ったのだ。車両の音と揺れのリズムが橋上でドン、トトン、ドン、トトンと軽やかに変わり、取り留めのない思考は中断された。

疲れ切った頭を上げ、駅で買って既に冷めてしまったホット緑茶を飲んだ。車窓から微かに漏れてくる冷たい海上の潮気が、まるで僕の冷えきった心のようだった。

外は真っ赤な夕日が遠くに見えて、内海特有の穏やかな海と島々を鮮やかなブラッドオレンジジュース色に染め始めていた。小さな漁船の陰影が風で揺れて煌めき、景色が暖かい色にゆっくりと包まれていった。丸い夕日に僕の心まで自然と温められていくようだった。

「天地自然」

光と空と海の全てを神々しく感じながら、思わず色紙の言葉を呟いた。

先輩が急いで手配してくれた色紙の言葉。

天才棋士が父のために書いてくれた言葉。

父が人生の最後の日に好んでくれた言葉。

病に蝕まれた父が、荒く苦しい呼吸を止めて楽になり、最後は骨だけになって故郷の土へと還っていった。それは生老病死の自然そのものの姿で、残された僕が人間の寿命という天命に逆らうかのように、嘆き悲しむ必要はないのではないか。無理に泣かなくても良いのではないか。

瀬戸内海の美しい自然を眼下に、安らかに天に昇った父を思って、僕はふいに溢れ出した涙をなかなか止めることが出来なかった。

この物語はフィクションです。
実在の人物、団体等とは一切関係がありません。
本作は、書き下ろしです。

PROFILE 著者プロフィール

将棋を忘れなかった人
桔梗楓
恋愛小説を中心に執筆。趣味はコンシューマーゲームとレジン制作。著書に『河童の懸場帖東京「物の怪」訪問録』（マイナビ出版ファン文庫）、『京都北嵯峨シニガミ貸本屋』（双葉文庫）ほか。

勝ってくれ
水城正太郎
『東京タブロイド』（富士見ミステリー文庫）でデビュー。代表作『いちばんうしろの大魔王』（HJ文庫）。鎌倉在住。コーヒー愛はそれなり。とはいえ他のカフェイン摂取手段は好まず。

成駒のごとく
矢凪
千葉県出身。ナスをこよなく愛すフリーライター。『茄子神様とおいしいレシピ』が「第3回お仕事小説コン」で優秀賞を受賞し書籍化。柳雪花名義の著書に『幼獣マメシバ』『犬のおまわりさん』（竹書房刊）がある。

どこまでも高く駆け昇れ
溝口智子
福岡県出身・在住。博多のとんこつラーメンがソウルフード。小学校高学年で世の中にとんこつ以外のラーメンがあることを初めて知り、衝撃を受ける。最近、近所に醤油ラーメン専門店が二軒でき、それも衝撃。

盤上の記憶
田井ノエル
愛媛県在住。秋刀魚の塩焼き美味しい。第六回ネット小説大賞を受賞しデビュー。著書に『道後温泉 湯築屋』シリーズ（双葉文庫）、『大阪マダム、後宮妃になる！』シリーズ（小学館文庫キャラブン！）などがある。

負ける準備は出来ていた
萩鵜アキ
ネット小説大賞受賞作『冒険家になろう！～スキルボードでダンジョン攻略～』にてデビュー。著作には『劣等人の魔剣使い』（講談社）のほか、『生き返った冒険者のクエスト攻略生活』（KADOKAWA）など。

一緒に違う場所を見て

日野裕太郎

東京都葛飾区在住。家でもおもてでも、猫を見かけるとそのあとを追って歩いています。著作は『夜に誘うもの』（徳間文庫）など。日野裕太郎・日野さつき名義を使い、現在恋愛小説を中心に活動中。

白い昼と月の夜のエチュード

澤ノ倉クナリ

千葉県出身、長野県在住。マイナビ出版ファン文庫より『黒手毬珈琲館に灯はともる』が発売中。将棋は手軽なのに奥深いゲームですね。私は弱いのですが、対局はとても楽しいです。

小さな森で眠る鳥たち

朝来みゆか

２０１３年から、大人の女性向け恋愛小説を中心に活動中。富士見L文庫にも著作あり。ペンネームは朝型人間っぽいですが、現実は毎朝ぎりぎり。玄関を出てから忘れ物に気づくのはもう卒業したいです。

ふたりの歩

編乃肌

石川県出身。第2回お仕事小説コン特別賞受賞作『花屋ゆめゆめで不思議な花束を』（マイナビ出版ファン文庫）でデビュー。『ウソつき夫婦のあやかし婚姻事情　旦那さまは最強の天邪鬼!?』（スターツ出版）など。

一番強い龍になる

猫屋ちゃき

乙女系小説とライト文芸を中心に活動中。２０１７年4月に書籍化デビュー。著書に『こんこん、いなり不動産』シリーズ（マイナビ出版ファン文庫）『扉の向こうはあやかし飯屋』（アルファポリス）などがある。

天地自然

井上尚樹

愛媛県生まれ。精神科医。趣味は読書と将棋。大学時代より同人誌にて小説執筆を始め、医系雑誌などでも文章修行を重ねて今作が初の小説コンテスト入賞。妻は将棋の矢内理絵子女流五段。

将棋であった泣ける話

2021年9月30日　初版第1刷発行

著　者	桔梗楓／水城正太郎／矢凪／溝口智子／田井ノエル／萩鵜アキ／日野裕太郎／澤ノ倉クナリ／朝来みゆか／編乃肌／猫屋ちゃき／井上尚樹
発行者	滝口直樹
編集	ファン文庫Tears編集部、株式会社イマーゴ
発行所	株式会社マイナビ出版
	〒101-0003　東京都千代田区一ツ橋二丁目6番3号 一ツ橋ビル　2F TEL　0480-38-6872（注文専用ダイヤル） TEL　03-3556-2731（販売部） TEL　03-3556-2735（編集部） URL　https://book.mynavi.jp/
イラスト	カバー：鍋倉夫／扉：sassa
装　幀	坂井正規
フォーマット	ベイブリッジ・スタジオ
DTP	西田雅典（マイナビ出版）
印刷・製本	中央精版印刷株式会社

ISBN978-4-8399-7696-5

Printed in Japan

動物園であった泣ける話

著者／楠谷佑・溝口智子・烏丸紫明　ほか
イラスト／sassa

あなたが最後に泣いたのは、
いつだったか覚えていますか？

親と、恋人と、子供と、
人生で３回は行くと言われる動物園。
動物との触れ合いが人を癒し、明日を生きる活力に。

ファン文庫
TeårS

東京駅・大阪駅であった泣ける話

著者／朝比奈歩・ひらび久美
・桔梗楓　ほか
イラスト／sassa

あなたが最後に泣いたのは、
いつだったか覚えていますか？

再会の場所、お別れの場所。
東京駅・大阪駅での一場面が、
人生の分岐点に。